탈북 천재방랑시인의 절규 ②

이 나라에도 이제 봄이 오려는가

모든 사람은 각국의 영역 내에서 이전과 거주의 자유에 관한 권리를 가진다.

–UN인권선언 제13조 1항

모든 사람은 박해를 피하여 타국에서 피난처를 구하고 비호를 향할 권리를 가진다.

–UN인권선언 제14조 1항

1. Everyone has the right to freedom of movement and residence within the borders of each State.
2. Everyone has the right to leave any country, including his own, and to return to his country.

- Article 13

1. Everyone has the right to seek and to enjoy in other countries asylum from persecution.
2. This right may not be invoked in the case of prosecutions genuinely arising from non-political crimes or from acts contrary to the purposes and principles of the United Nations.

-Article 14

이 시집이 나오기까지…

피에 젖은
이 한 권의 쓰라린 시집을
인권과 자유를 모조리 박탈당한
정치범수용소의 죄없는 '죄인' 들과
지금도 죽음과 고난에서 허덕이는
억눌린 북조선 내 형제동포들에게
삼가 바칩니다…

이 가련한 '꽃제비 시인'과 함께 울어 주세요!

도명학 / 국제펜클럽 망명북한펜센터 사무국장

제3세계 ○○지역에 체류 중인 탈북자 백이무 시인의 존재를 알게 된 것은 지난해 늦가을 어느 날, 조선일보 기자이며 북한전략센터 대표인 강철환 씨가 전화를 걸어왔다. 그는 요덕정치범 수용소 출신으로 북한 내 정치범수용소 실체를 처음으로 알린 탈북자다. 그의 저서 「수용소의 노래」는 미국 부시 전 대통령도 읽었고 그를 미국에 초청하여 만난 바 있다. 한편 그는 국제PEN클럽 망명북한PEN센터 이사를 맡고 있다.

그는 중국을 거쳐 ○○에 은신 중인 20대 여성 탈북시인을 찾았다며 그의 시 100여 편을 입수했다고 했다. 놀라운 소식이었다. 더구나 시인이 꽃제비 출신이라고 하니 처음에는 선뜻 믿겨지지 않았다.

강철환 대표는 시를 읽어보았는데 천성적으로 재능을 타고 난 것 같다며 그를 망명북한PEN센터에 가입시키자고 했다. 놀라움과 반가움, 반신반의가 교차하는 순간이었다.

강 대표에게 그를 데려 오자고 했다. 언제 무슨 일이 터질지 모르는 그 위험한 타국땅에 시인을 그냥 있게 할 수는 없었다. 그러나 강 대표는 백 시인이 한국에 올 처지가 못 된다고 했다.

그동안 몇 차례 붙잡혀 북으로 강제송환될뻔한 절체절명의 처지에서 자신의 생명을 보호해준 분과의 정리상, 그리고 북한에 남아있는 친동생과 친척동생들에게 돈을 보내 그들을 돕기 위해 일을 하고 있다는 것이다. 동생들을 돕자면 한국에 와서도 얼마든지 도울 수 있는데, 무슨 사연이 있는 것일까?

나중에 알고 보니 어떤 약조가 있었다. 시인은 자신과 같은 갈 곳 없는 탈북자를 보호해 주고 북한에 있는 동생들을 도울 수 있게 해준 그 고마운 분의 은혜를 저버리고 그냥 떠날 수 없다는 거였다. '사람이 의리를 저버리면 짐승이나 다를 바 없다' 는 것이 시인의 반듯한 양심이었다.

이 시집 「이 나라에도 이제 봄이 오려는가」에는 대략적인 자기소개도 들어있다. 시인은 북한에서 어린 나이에 여러 번이나 '전국글짓기경연대회' 에 참가해 1등을 했었다. 이 경연은 북한 최대의 학생 글짓기 경연이며 30여 년전에 시작된 이래 현재까지 매년 진행되고 있다. 고등중학교(남한의 고등학교)졸업 때 이 경연을 통해 실력이 인정되면 북한 최고명문이라 할 수 있는 김일성종합대학 조선어문학부에 진학할 수 있다. 창작적 재능만 평가해 입학시키는 사실상 특별전형인 것이다.

필자도 제1차 '전국글짓기경연대회' 부터 제3차까지 참가해 각각 1, 2, 3등을 한바 있다. 고등중학교 졸업을 앞두고 대학선택을 고민하던 때, 김정일이 김일성종합대학 조선어문학부 실태를 요해했다. 요해 결과는 김정일을 실망시켰다. 김정일은 대학생 실력이 고등중학생보다 낮다며 질책했고 그 때문에 덩치 커다란 대학생들이 전국글짓기경연대회 작품을 통독하며 반성해야 했다.

김정일은 개선책으로 해마다 진행되는 전국글짓기경연에서 우수한 학생들을 선발하여 김일성종합대학 조선어문학부에 입학시키라는 특별지시까지 내렸다. 필자는 그 첫 번째 수혜자였다. 그때로부터 30년이 지난 지금도 이 관행이 계속되고 있다. 경험으로 보아 여섯 번이나 1등을 따낸 백이무 학생이 김일성종합대학에 가는 것은 정해진 수순이었을 것이다.

하지만 세상은 너무도 잔혹했다. 때를 맞춘 듯 찾아든 북한의 소위 '고난의 행군' 은 장래가 촉망되는 어린 소녀에게 사정없이 찬 서리를 들씌웠다. 무려 300만 명이 아사한 그 엄혹한 시절, 부모를 잃고 동생들을 돌보며 꽃제비의 삶을 산 그에게 문학은 한갓 꿈으로만 남았다.

나중엔 고향을 등지고 두만강을 건너야 했다. 하지만 그녀는 꽃제비 시절과 이방에서의 고단한 생활 과정에도 시쓰기를 멈추지 않았다. 시인에겐 함께 생활하다 죽어간 꽃제비들과의 약속이 있었다. 자기들의 비참한 처지를 언젠가는 꼭 글로 써서 세상에 전해달라던 그 부탁을 잊을 수 없었다. 그 약속을 지키고자 만든 시집이 바로 첫 시집 「꽃제비의 소원」이다.

강철환 대표는 백 시인의 시집이 한국에서 출판되기를 원한다며 망명북한PEN센터가 돕는 것이 좋겠다고 제안했다. 당연히 우리가 도와야 할 일이었다. 또 금싸라기 같은 회원 한 명을 얻어서 기뻤다.

하지만 우리 단체도 금방 출범해 첫걸음을 뗀 수준이라 솔직히 난감했다. 어디서 시집을 내면 좋을지 여러모로 고민했다. 호기심을 보이는 곳들이 있었다.

그런데 시집을 내주겠다는 출판사와 필자간의 소통이 난제였다. 국내 문인들도 출판사와의 조율이 어려운 경우가 있는데 하물며 먼 이국땅에서 은신해 신상 노출을 절대 삼가하고 있는 시인의 처지를 어떻게 극복해야 할지.

그리고 홍보에도 한계가 있다는 생각에 전전긍긍해야 했다. 게다가 시집이 워낙 돈이 안 되는 책이다 보니 출판사들의 입장도 고려해야 했다.

어차피 좀 더 시간을 두고 진척시킬 수밖에 없다고 생각했다. 나중에 안 되면 탈북문인들이 협력해 자비출판이라도 할 것을 작정했다.

그 때 뜻밖에도 백 시인이 반가운 소식을 전해왔다. 글마당출판사가 시집을 내주겠다고 나섰다는 것이다. 선뜻 믿겨지지 않았다. 급히 인터넷으로 검색해보니 그런 출판사가 정말 있었다. 좋은 책을 많이 만들어내는 출판사였다. 수익에만 급급한 출판사가 아니라 사명감을 우선하는 출판사임이 대번에 느껴졌다. 게다가 백 시인의 첫 시집 「꽃제비의 소원」 하나만도 감격한 일인데 이어서 두 번째 시집인 「이 나라에도 이제 봄이 오려는가」, 그리고 세 번째 시집도 연속 출판할 계획이라니 감사함을 뭐라 표현할 길이 없다.

시집이 나와도 저자는 자기의 시집을 받아볼 수 없다. 아직은 신변안전 때문에 책을 보낼 방법이 없다. 출판사를 통해서 우선 사진으로 첫 시집을 본 시인은 밤새 눈물을 흘렸다. 한 TV 프로에서 자기의 시를 소개하는 장면을 보면서도 하염없이 울었는데, 그의 정체를 모르는 이방나라 사람들은 옆에서 의아한 눈길로 쳐다볼 뿐, 시인은 아무 말도 할 수 없었다.

시인의 고단한 여정이 언제면 끝날지, 아직은 아무것도 예측할 수 없다.

백시인의 두 번째 시집인 「이 나라에도 이제 봄이 오려는가」도 국내외에 널리 읽혀져 억울하고 참담하게 죽어간 정치범수용소의 무수한 원혼들에게 위로가 되고, 북한인권 개선을 위한 공감대 형성에 크게 기여할 수 있기를 바란다.

끝으로 이 귀한 시집을 정성스럽게 만들어준 글마당출판사 최수경 사장님께 감사를 드립니다.

차 례

제2부: 희귀종 '뼈지렁이'

제3부: 통일의 문 열리는 그날까지

제4부: 조선의 봄아 오라 빈다!

제1부

아, 정치범수용소

아, 정치범수용소

이곳에는 인간이 한 명도 없다
여기 갇힌 죄범들은 무어냐고?
안심하라 그들은 사람이 아니다

이곳에 들어오는 순간부터
그들은 이미 전부 인간이 아니다
누구나 인간이기를 철저히 포기했다

그래야만 살수가 있나니
그것을 거부한 인간이면 벌써 죽여
모조리 저 세상 귀신으로 만들었다

그러니 짐승만 갇힌 이곳에
총을 꼬나든 경비대를 제외하고
어찌 인간이 있을수 있으랴?

인성이 깡그리 말살된 이곳에서
그 무슨 '인권' 을 말하지 말라
인륜 없는 곳에 어찌 인권이 있으랴?

짐승들만 갇혀 사는 짐승우리
사람도 없는 곳에 '인권' 이라니?
운운하는 그 자체가 황당한 것이다!

일만 하는 말하는 짐승이지만
사람처럼 총명해진 부림소들은
종래로 '인권' 을 론하지 않는다

시끄러워 발붙일 자리조차 전혀 없는
귀찮은 '인권' 은 저리 가라
아예 펄쩍 하늘밖에 팽개쳐놓고 --

십 년, 이십 년 통일의 문 열릴 때까지
어떻게 하면 죽지 않고 살아남을까
오로지 그것만 생존만을 생각한다…

련좌제

함북 온성 종성관리소에는
진짜 죄인은 한 명도 없고
죄인이 아닌 죄인들
죄인의 가족들만 살고 있었다

하지만 여기선 그들도 죄인이다
아무 죄도 짓지 않았지만
나라에서 죄인이라 딱지를 붙이면
그날부터 죄인으로 되는 것이다

한밤중에 곤해 쿨쿨 꿈을 꾸다가
별안간 들이닥친 안전부 출동
대체 언제 무슨 죄를 지었는지
영문조차 모르는 채 얼떨떨결에
다짜고짜 무작정 끌려온 사람들

썩 후에야 알게 된 맹랑한 일
어떤이는 이 세상에 태어나서
생전 한 번 보지도 듣지도 못한 먼 친척
사돈의 팔촌에나 걸리는지 마는지

그 놈이 죄를 지어 련루되었음에랴!
자기와는 상관이 전혀 없다고
주먹으로 앞가슴 쾅쾅 친다만
이놈, 원통하긴 뭐가 원통하냐?!
지은 죄를 자복하는 그 태도
정말로 고약하기 짝이 없구나!

구족을 멸해도 시원치 않을 대역죄
장군님 은혜로 죽이지 않고
살려주는 것만으로도 고마운 일
네놈이 감지덕지할 그 대신
눈물콧물 쥐어짜며 억울하다니?

그보다도 바보 같이 얼빤한 놈
이 나라에 억울함을 따지자면
너보다 억울한 일 많고 많은데
고쯤한 일에 울고불고 통곡하다니?
씨팔, 그 정도는 아무것도 아니야!

사악한 대역죄인 가족이니
이 나라 '법도' 대로 판결하면
네놈도 틀림없는 큰 죄인이렷다!
죄를 직접 짓지는 않았지만
간접으로 큰 죄 지은 반동놈이니
살겠거든 개조 잘해라 이 죽일 놈 !!!

짐승과 밥

언제부터
우리에게 있어서
밥은
쌀이 아니다

짐승인 우리 밥은
풀이다
벌레다
쥐다

우리는
소가 아니지만
밥으로
풀을 먹어야 했다

우리는
개구리가 아니지만
밥으로
벌레를 먹어야 했다

우리는
고양이가 아니지만
밥으로
쥐를 먹어야 했다

우리는 살아가면서
언녕부터 자신이 사람임을
포기했다 망각했다
그래야만 했다

살기 위해
죽지 않고 살아남기 위해
저저마다 사람이 아닌
짐승으로 거듭나야 했다

왜냐하면
만에 하나 자신을 사람이라
혹시 자칫 착각이라도 한다면
절대로 살아남을 수가 없었기에…

인간생지옥

정치범수용소 그 안에는
희한한 범인들이 많고 많아라

수령님 사진 실린 신문종이로
초담배를 말다가 목덜미 덥석

장군님 배 뚱뚱하고 어떻고 하다
지나가던 보위원에 수쇠를 철컥

술 몇 잔 마신김에 망할 놈 세상
한 마디 내뱉었다 수용소 직행

남조선 비디오를 몰래 보다가
아차 에쿠 발각돼 잡혀온 죄인

그것도 전국 죄범 가운데서도
죄질이 가장 악한 대역죄라서

매일 주는 작업량은 어마하지만
던져주는 식사량은 한 줌도 못돼

게다가 조금만 비위에 거슬려도
개 패듯 몽둥이찜 우박처럼 떨어지고

그것도 모자라 높이 매달고 또 채찍질
물고문, 불고문, 콧구멍에 벽돌가루 붓기…

십 년은 고사하고 반 년, 석 달도 못견뎌
무더기로 련달아 죽어나가는 죄인들

지옥이 따로 없다 여기가 바로 지옥
염라국이 왔다가 울고 갈 인간생지옥…

육식

그 누가 수용소안 가련한 우리 죄인들
일년 사철 육식을 모르고 산다고 하더냐?

'자력갱생', '기적창조' 높이 든 구호
그 속에서 련마되고 살아난 주인공 우리들

여기서도 자력으로 새 기적을 창조한다
주지도 않는 고기도 스스로 찾아서 먹는다

등잔불에 날아드는 부나비는 한 입에 꿀꺽
달아나는 쥐도 놓칠세라 잽싸게 잡아 텁텁

목욕 못해 온 몸이 근질거리면 까짓 대수냐
오히려 더 좋아라 옷을 벗어 이도 집어 냠냠

작업일에 내몰려 밭에 가면 메뚜기, 무당벌레
큰 뱀을 만난 날은 더욱 잊지 못할 대포식일

감방에 돌아와도 여기저기 수색작업 소탕작전
어디 없나 빈대, 벼룩, 지네, 바퀴 다 찾아 먹는다

그렇게 우리는 부실한 몸에다 영양을 보충한다
그래서 우리는 사지에서 용하게 살아남는다…

고기음식

다 닳아 쓰지 못할
가죽띠를 발견하고 씹어 먹다
덜미 덥석 체벌방에 갇힌 놈

경비대가 던져버린
가죽신짝 찾아다가 삶아먹다
발각되어 구둣발에 까무러친 놈

보위원이 잃어버린
가죽채찍 몰래 주워 우려먹다
적발돼 당장에서 맞아죽은 놈

여기서는
절대로 더러운 가죽이 아니라
흔치 않은 최고급 영양식품

누구든 번-쩍
눈에 뜨이기만 하면
웬 떡이냐 게걸스레 먹어버리는
영양가 높은 고기음식이다!

샤워

하늘에서 소낙비가 내리는 날은
그날따라 기분이 좋아지는 날
우리 모두 시원하게 샤워하는 날

하늘이 죄인들을 불쌍히 여겨
샤워를 시켜주는 특별한 날이니
어떻게 이 좋은 기회를 놓치랴

남녀가 함께 엉킨 작업 밭이라
통쾌하게 옷을 벗어 씻지는 못해도
저저마다 그 빗물로 몸을 씻는다.

홑옷만 몸에 걸친 죄인들
어떤 이는 우들우들 추워 떨어도
그까짓 추위정도 무슨 대수냐?

너무나 습관되어 커진 저항력
웬만한 추위쯤은 우리에게 못 미쳐
절대로 감기에는 걸리지 않는다.

감옥 안에 사우나 시설이 없어
한 번도 목욕을 시켜주지 않아서
손꼽아 기다려지는 이런 샤워일

일 년에 어쩌다 몇 번 생기는
흔치 않은 목욕일 그 날에는
옷을 입고 샤워해도 만세를 부른다…

악성순환

뼈 빠지게 중로동만 시켜도
규정된 한 끼 식사량은
강냉이 스무 알에 소금 두 알
고작 그것이 전부이다
하지만 감지덕지해야 한다

그마저도 일 잘하지 못하거나
작업량을 제때에 완수 못하면
호된 구타는 약과인 셈이고
밤늦게까지 또 개고생 연착로동
돌아와서도 더 무서운 감식처벌
한 끼분을 3분의 1로 감량이다

정량을 다 주어도 모자랄 판
너무너무 허기져 죽을 지경인데
처벌로 또 때우고 나면
그날 밤은 주린 배 끌어안고
몸부림치며 뜬 눈으로 지새운다

이튿날엔 더욱 이를 악물고
무조건 제때에 해치워야지
온밤 뒤척 결심하고 윽벼르지만
하지만 그게 어디 뜻대로 되나?
먹은 게 있어야 힘을 내고
힘을 내야 제대로 일을 하지…

다음날 먹지 못해 힘이 없어
맡겨준 과업을 더 못해내면
점점 거센 구타 쏟아짐은 물론
이번에는 감량이 아니라
아예 에쿠 사형선고같은 금식처벌
삽시간 눈앞이 노오래진다

그렇게 내처 악성순환
강짜로 련 몇 주일 버티고 나면
드디어 눈앞이 빙그르르
노오랗던 하늘이 새까매진다
수용소 죄인들은 대부분
그렇게 지쳐 죽고 굶어 죽는다…

총살규정

수용소 안에서
김일성어록을 외우듯
시시때때로 외우게 하는 총살규정
듣기만 해도 머리가 어지럽다

도주하다 발각되면 즉시 총살
보위원에 항거하면 당장 총살
도적질하면 무조건 총살
남녀 간에 접촉하면 총살

작업할 때 제외하고
셋 이상 모여도 전부 총살
수상한 일 보고 신고 안해도
동범으로 취급해 전격 총살
맡겨준 과제 수행 안해도
무자비하게 완전 총살

그 외에도
총살규정 너무 많아 또 다른
총살

총살
총살…

그것도 암탉이 모이를 쫓듯
연주포 쏘듯 단숨에 외워야 한다
조금이라도 늘쩡하게 외우면
호된 구타거나 금식처벌
더 무서운 엄벌이 떨어진다

아무튼 쩍하면 모두 총살
총살이 노래처럼 흘러나오니
이제는 점점 꿈만해져
오히려 총살도 별거 아닌 것 같다

그렇게 재빠르게 외우게 해놓고
숨이 차서 헐떡거리는 우릴 보고
살려거든 그 모든 규정을
한 가지도 어김없이 모조리 지키란다
아니면 가차없이 깜장콩알 먹인다나?

그러니 살아남을 놈 몇이나 되랴
이래도 총살 저래도 총살
언제든 죽을 바엔 차라리 1:1
와닥닥 저 보위원놈 뒤통수 까부시고
총살당하면 적어도 본전은 하겠것다…

살아남는 비결

혹시 어디 이상한 놈이 없나
항상 서로 두리 번 감시하고
귓속말 소곤소곤 들려와도
토끼처럼 귀를 쫑긋 도청한다

탈주를 시도하는 간 큰 놈
한마디 불평이라도 하는 놈
어떻게 하나 운수가 좋아서
그런 놈을 잡아내야 내가 산다

그래야 보위원에게 잘 보이고
밥이라도 한 술 더 얻어먹고
돈사나 사육장에 옮겨가서
일도 쉽고 사료도 훔쳐 먹고…

아무튼 수단방법 가리지 말고
남의 발등 밟고라도 올라서야
이 험한 지옥에서 죽지 않고
내가 겨우 살아남는 비결이다!

'파리목숨'

소똥무지 콩알 한 알 주어먹다
악독한 계호원의 눈에 뜨여
헉--!
별안간 구둣발에 채워죽은 자

햇볕 쬐러 양지쪽에 나와서
풀을 가만 뜯어먹다 들켜서
팍--!
당장에서 총박죽에 맞아죽은 이

배추밭 일을 하다 힐끔힐끔
몰래 한잎 시래기 훔쳐먹다
땅--!
즉석에서 권총으로 처단당한 놈

순식간 연기처럼 사라진다
까딱하면 날아나는 '파리목숨'
여기서는 죄인이란 그런 말도 사치해
차라리 죄인도 아니라 벌레인 파리다!

날마다 죽는 자들 가운데서도
별의 별 희한하게 죽는 놈 다 있어
볼수록 더더욱 가관인 광경이다
한 무리 파리떼속 '파리목숨' 들…

부언:

완전통제구역 수용소안의 죄인들은 아무리 배가 고프다 해도 원칙상 수용소에서 공급하는 음식외에 땅에서 자라는 풀이나 다른 음식을 허락도 없이 마음대로 먹어서는 절대 안된다. 만약 규정으르 어기고 남몰래 제멋대로 먹다가 계호원에게 발각되기만 하면 당장에서 개죽음을 당하기가 십상이다. 살인한 계호원도 규정을 위반한 죄인에게 당연히 내려야 할 마땅한 응징을 했기 때문에 살인되는 고사하고 그 행위가 절대로 그 무슨 실책마저도 될 수가 없다. 그들에게 갖다 붙이는 그래도 사람이라는 뜻이 내포된 〈죄인〉이란 말조차도 어찌보면 너무나 사치하게 들릴 정도로 그 존재는 아주아주 보잘것 없어 진짜 작은 벌레만도 못한 미생물 같은 존재이며 따라서 그들의 목숨도 〈파리목숨〉만도 못하다.

등호

모기 중에서
아주 작은 모기 한 마리가
꺼벅 죽은 것과 같다

빈대 중에서
몹시 작은 빈대 한 마리가
까물 죽은 것과 같다

파리 중에서
제일 작은 파리 한 마리가
찰싹 죽은 것과 같다

수용소 그 안에서
굶어 죽든 지쳐 죽든 맞아 죽든
죄인이 한 놈 죽으면…

우리는
이럴 때 등호(=)를 친다

정신병자 병동

요덕수용소 제1작업반 산등성이
그 곳엔 정신병자 병동이 하나 있다

하지만 정신병 환자라 해도
아무 말 막 해서는 절대 안된다

더욱이 수령님, 장군님 비난시엔
경비대가 즉각 사형에 처한다

여기선 아무리 정신병자라지만
수령님, 장군님은 하늘높이 칭송한다

그래서 수용소 그 안에서도
류행처럼 나도는 유명한 한 마디 명언 --

"야- 이 새끼들, 미치더라도
재수없게 왕창 더럽게 미치지 말고
정신 번쩍 차려서 똑바로 미치라우…"

위에서 내려온 표창장

전문 죄인 아닌 죄인들
죄인의 가족들만 모여 사는
함북 종성 13호 관리소에는
죄인의 자녀들만 공부시키는
허름한 학교도 하나 있었다

성실하게 그 학교를 다니는
정치범 자녀인 곱게 생긴 두 여학생
하학하고 집으로 돌아오는데
피에 주린 흉악한 세빠트 무리
미친듯이 사납게 덮쳐들었다

삽시간 현장은 아수라장
애들은 외마디 비명을 지르고
개들은 좋아라고 고기를 씹는다
처참하게 먹히운 두 생사람…

이 일을 상급에 보고하자
경비대에 내려온 표창통지문
"개들을 사납게 참 잘 길렀다!
더 사납게 훈련을 더 잘 시키라…"

발가락과 수감나이

들어온지 몇 해나 되는가
구태여 물어볼 필요도 없다
발가락 수를 보면 그것을 안다

경험 있는 죄수들은
남아있는 발가락 숫자로
수감된 그 해수를 계산한다

누구나 이곳에 들어오면
동상으로 반드시 하나, 둘, 셋, 넷…
해마다 줄어드는 발가락들

이제는 달랑
몇 개 붙어있지 않은 발가락
대번에 들어온 해수를 짐작케 한다

어떤 죄수는
발가락이 아예 몽땅 얼어 떨어져
보기에도 끔찍한 몽당발이다!

들어온지 몇 해나 되느냐고
절대로 싱겁게 묻지를 말라
발을 보면 인차 그 답이 나온다…

부언:

겨울이면 최저로 령하 40여도까지 내려가는 아주 추운 함경북도 북부의 어느 깊은 밀림에 전문 남자죄수들을 부리여 벌목하는 특정벌목장이 있었다. 감시가 특별히 삼엄한 가운데 이동식으로 조금씩 자리를 옮기면서 벌목하는 그 죄인촌에서 벌목일을 하는 수인들은 해마다 동상으로 발가락이 한두개씩 떨어져나가곤 하였는데 3-4년만 되면 보기에도 끔찍한 몽당발이 되는 일들이 비일비재했다. 그래서 그곳의 죄인들은 발에 붙어있는 발가락 개수만 보고도 어림짐작으로 그 죄인이 벌목장에 들어와 일을 시작한지 몇해쯤 된다는것을 인차 정확히 알아맞힐수 있었다고 한다.

'사람설계도'

삼엄한 수용소내 탄갱에서
며칠에 한 번씩 교대로
햇볕 쪼이러 나오는 탄부들
한 번만 보아도 소름이 오싹
두 번 다시 보기도 두려워한다

키는 너무 고역에 쫄아들어
다 자란 성인인데도
한 메터 이십 내지 삼십 센치
제일 키 큰 '꺽다리' 라 해야
고작 겨우 한 메터반 넘지 못한다

허리는 거지반 곱사등이
시달린 가혹한 학대에
저마다 활등처럼 휘어들어
지나가던 꼬부랑 할머니도
대조하러 왔다가 울고 가겠다

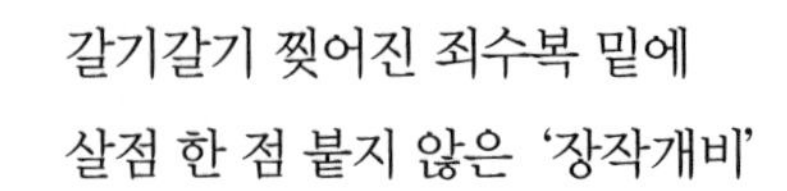

갈기갈기 찢어진 죄수복 밑에
살점 한 점 붙지 않은 '장작개비'

통뼈에다 가죽만 한 벌 얇게 씌운
바싹 말라비틀어진 '해골' 들
어디선가 휙- 바람만 불어와도
넘어질듯 비실비실 위태롭다

게다가 작업하다 사고로 뭉텅
끔찍하게 잘려나간 팔과 다리
한 발자국 걸음만 걸어도
쉑- 쉑- 몰아쉬는 가쁜 숨
보다가 그만 외면 돌아서버린다

암만 봐야 원숭이도 아니고
그렇다고 눈 부비고 다시 봐도
사람 같지도 아니해 몸서리만 으쓱
똑마치 등한한 어느 설계사
사람을 그리다가 채 못그리고
일손을 놓아버린 미완성 모형도--

그래서 생겨난 대명사
또 다르게 불리우는 희한한 별칭
그 곳을 지키는 경비대원들
그들을 사람이라 하지 않고
우스개로 '사람설계도' 라 부른다…

쟁탈전과 죄인의 장례

굶어서 죽든
맞아서 죽든
수용소 죄인이 죽으면
치열한 쟁탈전이 또 벌어진다

시체를 끌어내가기 전
죽은 죄인 누더기 옷 벗겨서
서로 먼저 빼앗아 입으려고
산 죄인들끼리 쟁탈전을 벌린다

사시장철 홑옷만 한 벌을 주어
추워서 덜덜 떨던 죄인들이
겨울에 얼어 죽지 않고자
사생결단 옷쟁탈전투에 돌입한다

그래서 시체를 실어 내갈 적
더더욱 참담한 그 광경
차마 눈 뜨고 볼수가 없어
경비원들도 고개 돌려 외면한다

실 한오리 걸치지 않은
뼈에다 가죽만 얇게 씌운 흉한 라신
그것을 어떻게 시체라고 하랴
차라리 적절하게 해골이라 부르자

마지막 상례는 고사하고
죽어서도 관이나 비석도 없고
아무렇게 묻은 다음 평평하게 만들어
묘도 없이 흔적조차 지워버린다…

부언:

수용소내에서 죄인이 한명 죽으면 서로 먼저 그 누더기옷을 차지해 입으려고 대판싸움을 한다. 몇 년 가도 홑옷 한 벌밖에 내주지 않기에 겨울에 너무 추워 얼어죽지 않기 위해서이다. 너무나 늘쌍 보는 죄인의 빈번한 죽음이기에 그렇게 옷쟁탈을 위해 싸우면서도 죽은 동료 죄인에 대한 죄책감이나 련민도 없다. 그렇게 죽은 죄인의 시체를 홀딱 벗겨서 파묻으러 내보낼 때 보면 그 참담함은 정말 말로 이루 다 표현하기 어렵다. 상례는 고사하고 실 한오라기 걸치지 않은 해골같은 흉한 라신 그대로 관도 없이 땅을 대충 옅게 파서 파묻고는 그 우를 평평하게 만들어버리는데, 수용소 규정상 나무비석은 고사하고 조그마한 표시나 흔적도 남겨서는 절대 아니되였다

교수형

갑자기 집합령이 내려졌다
지정된 처형장에 모이란다
오늘 또 한 죄인을 처형한다
달마다 벌어지는 일이라
희끔할게 하나도 없지만
이번에는 총살 말고 교수형이란다

이래저래 죽을 바엔 뛰다가 죽자
어쩌면 운이 좋아 성공할런지
요행수를 바라고 탈주하다
불행하게 아차 도로 잡혀온 죄인
개처럼 질질질 끌어내와
나무 밑에 밧줄로 목을 매단다

너무 맞아 반죽음이 된데다가
먹지 못해 힘도 없어 몸만 꿈틀
몇 번을 버득버득 발버둥하다
그대로 쭉– 뻗은 앙상한 시체
두룽 달린 가랑이 그 사이로
주르륵 흘러나오는 오줌 한줄기…

왝– 토하려고 외면하지 말라
목 달아 죽였다만 또 죽여야 한다
죄인마다 그 앞을 지날 때
돌을 주어 한 개씩 던져야 한다
그것도 반드시 시체를 향해
세게 뿌려 면바로 맞추어야 한다

오천 명이 돌로 재차 죽인 시체
살가죽이 벗겨지고 뼈가 드러나
두 번 다시 보기에도 끔찍하다
도주하다 잡히면 이렇게 된다
본으로 보여주는 시범극형
너무나 빈번하니 감각도 없어졌다

오늘의 그 죄인의 종말이
래일의 자기들의 운명이라
죄인들은 아무 말 하지 않는다
하지만 암암리 그 뉘가 알리
무거운 침묵 속에 언젠가 터칠
무서운 폭풍을 잉태하고 있을지…

탈주자가족 매달기

벌써 며칠 째던가
죄인들이 지나가고 지나오는
바로 길옆 큰 고목에 매달려 있는
가냘픈 여인과 철부지 두 아이…

그렇게 달아놓고 방치해둔 채
물 한 모금, 풀 한 줌 주지 않아
처음에는 처절하게 울부짖다
이제는 완전히 축 – 늘어져
마지막 목숨만 간들간들 –

가슴이 아프지만 늘쌍 있는 일
며칠 전에 발생한 도주사건
여인의 남편이고 아이들의 아버지
그가 바로 달아난 탈주자
그 가족이 지금 벌을 받는다!

수용소 규정대로 그 즉시
나무에다 꽁꽁 묶어 매달아놓기
아무리 애원해도 소용이 없어

도망친 놈을 도로 잡아들여
극형에 처해야만 내리워진다

아니면 열흘이고 보름이고
도주자가 다시 앞에 나타날 때까지
그렇게 나무에 매여달린채
참담하게 죽어야 할 가족의 운명…

아낙네는 아이들이 너무 불쌍해
이제라도 새끼들을 살리고저
차라리 남편이 잡혀오길 바라지만
아이들은 아버지가 죽을가봐
제발 멀리 어서 빨리 도망치세요
눈을 감고 기도하듯 중얼댄다…

공개총살

오늘 또 한 죄인을 총살한다
죄명은 '자살미수, 불만 표출'
여기선 죽을 권리마저도 박탈이다
죽어도 저절로 죽어서는 안된다
죽고 싶어도 살 때까지 살아야 한다

얼마나 견디기 힘들었으면
하루빨리 그 속에서 해탈되고자
남몰래 자결까지 꿈꾸었으랴
'자살 금지!' 규정도 어기고…

하지만 그마저도 발각되면
중도에서 죽지도 못하고
공공연히 정부에 반항하는
불만분자, 반역자로 내몰린다
반역자는 당연히 총살이다!

죽어도 스스로는 못 죽고
이제 다시 총알을 받으려고
수천 명이 운집한 처형장소로

질질질 끌려나온 반역죄인
모든 것을 체념한듯 처연한 얼굴
그 표정이 돌처럼 굳어있다

땅에다 말뚝을 박고
밧줄로 꽁꽁 비끌어 맬 때까지
아무런 공포도 못 느끼는지
굽힌 몸을 떨지도 아니하고
지그시 두 눈을 감은 채
어서 총성이 울리기만 기다린다

그런데 무표정한 그 모습이
더더욱 집행관을 자극할 줄이야!
태도가 악질이라 노발대발
분이 머리 꼭뒤까지 치밀어
총탄알 아홉 발이 아니라
련발탄 서른 발을 명령했다

죽으려고 한 것이 큰 죄인데다
눈 감고 죽는 것도 더 죄가 되여
끔찍한 총탄알 서른 발 맞고
마침내 갈 길을 간 불행한 죄인–
그 죄인의 소박한 마지막 소원은
저절로 조용히 가는것이었는데…

임신부 처형

수령님 내려 보낸 특별교시
"반동의 씨가 확산되지 못하게
안에서 더 퍼지지 못하게 하라!"

그 교시 결사관철에 떨쳐나선
저저마다 사상각오 비상히 높은
위무당당 수용소 계호원들

오늘도 충천하는 혁명적 열의
활활활 세차게 불타올라
'반동의 씨 소탕전'에 륙속* 나섰다

간통한 수컷놈은 벌써 황천객
총창으로 열 번 찔러 처단해놓고
지금은 다시 그 씨를 말린다

누더기옷 쫄딱 벗겨 알몸뚱이
나무에다 꽁꽁꽁 동여맨 여죄수
유표하게 솟아오른 남산만한 배 –

"반동년이 몰래 규정을 어기고
반동놈과 들어붙어 임신을 다 해?
오늘은 네놈들의 씨를 말린다…"

꿈에 다시 떠오를가 소름이 오싹
차마 눈 뜨고는 도저히 볼수 없는
몸서리치는 공포스런 도살현장

시퍼런 큰 칼로 배를 쩍- 갈라
'반동의 씨' 를 꺼내 주룽주룽
큰 나무 가지에다 걸어놓는다

아직도 팔딱팔딱 숨을 쉬는
죄 없는 그 가련한 배속의 태아
날아가는 까마귀밥이 되라고…

부언:

수용소내에서 남녀가 련애하다가 발각되여도 총살인데, 만약 그 결과로 임신까지 되었다면 세 식구 모두 절대로 살아남지 못한다. 일반적으로 남자는 수많은 죄인들이 모인 그 앞에서 창형(창으로 찔러죽이는것)으로 공개처형시키고 여자는 가장 잔인한 방법으로 비밀처형을 시키는것이 관례다. 시에서 묘사한것처럼 계호원이 직접 나서서 칼로 임신부의 배를 갈라 태아를 꺼내여 아무렇게나 던지거나 나무 가지에 걸어놓아 까마귀 밥으로 만드는 경우가 허다한데, 그것을 알고 있는 임신한 녀성은 천으로 둘둘 배를 힘껏 감싸는 등 백방으로 갖은 방법을 다 대여 어떻게 하나 들키지 않으려고 애를 쓰며 남몰래 변소칸에 가서 애를 낳고 버리는 경우도 있다고 한다. 설사 들켰다 하더라도 어차피 자기는 죽을 목숨이니 아무리 모진 고문을 해도 죽을 때까지 끝끝내 사통한 남자의 이름을 대지 않고 배속의 애와 함께 둘만 죽어 애인을 감동시키기도 한다. 사막에도 선인장이 생겨나듯 발견 당시 그 처벌이 가차없이 무자비한 수용소내에서도 드물지만 사랑이 존재한다.

송장골의 발가벗긴 여자시체

죽은 죄인 시체만 전문 끌어다
아무렇게 내던지는 외진 송장골
새로 버린 발가벗긴 여자시체
아, 실 한오리 걸치지 못한채
너무 끔찍 하반신 그 곳에
말뚝처럼 삽자루 박혀있다…

갓 스물이 되였을가 말가
아직은 피지도 못한 꽃망울
구경 무슨 큰 죄를 지었길래
무지무지 가련한 꽃같은 처녀
잔인무도 악행에 몸부림치다
그토록 험한 봉변 당하였을가?

까마귀도 내려 앉아 뜯으려다
너무너무 애처롭고 아까와서
차마 먹지 못하고 까옥까옥
목이 메여 구슬프게 울어예고
지나가던 구름도 처량해라
보슬보슬 눈물비를 휘뿌린다

워낙은 예술학원 학생이다가
아버지 '불만죄'에 연루되어
공부하다 끌려온 무고한 가족
아직은 연애 한 번 해보지 못한
티 없이 순결하고 수줍은 소녀
꽃나이 호시절 꿈도 많으련만…

수용소에 들어온지 열흘도 못돼
그 미색에 침 흘리던 보위원놈
간음하려 덤벼들다 반항을 하자
뱀 같이 독이 올라 저질은 만행
별안간 천둥소리 우르릉 꽝-!
오, 하늘도 치를 떨며 성토한다…

까마귀야

산에 나는 까마귀야
이제 우리 죽으면
그 시체를 뜯으려고
호시탐탐 기회 노려
선회하며 빙- 빙-
하루 종일 기다리며
떠나지도 않더니만

슬피 우는 까마귀야
오늘 점심 버린 시체
그 고기를 포식하고
배도 실컷 부를 텐데
무슨 일이 그리 슬퍼
우리 앞에 날아와서
가아 가아 왜 또 우냐?

마음 착한 까마귀야
피와 눈물 우리 신세
무지무지 불쌍해서
차마 더는 못 봐줘서

이제 그만 돌아가라
"어서 집에 가아! 가아!"
소리치며 우는거니…?!

현대판 '731부대'

주체의학 해부용이 필요하면
구태여 죽은 시체 찾을 것 없이
팔딱팔딱 숨을 쉬는 죄인을 올려놓고
생동하게 해부를 시작한다

독약이나 주입액을 검증할 땐
죽는대도 아무런 상관이 없는
범인에게 먹이거나 주사를 놓아
즉석에서 그 반응을 관찰한다

특공부대 살인격술 강타훈련도
그 위치 정확성 기하기 위해
사형수 끌어다 요해처를 가격해
현장에서 직접 사살하며 가르친다

훼멸성적 화학무기 실전실험도
그 위력 판도를 측정하고자
특별하게 격리시킨 수천 명 죄수들
그 구역을 상대로 발포한다

왜놈의 731부대가 부럽지 않아
사시장철 차고 넘치는 정치범들
나라 안에 쌔고 버린 '마루타' 라
그 래원도 얼마든지 무궁무진-

먼 나라 마귀부대 괴담이 아니다
내 나라 38선 이북 지척에서 벌어지는
인륜과 인성을 깡그리 말살한
동서고금 류례없는 최악의 생체실험

그 옛날 731도 치를 떨며 돌아선다
전쟁에서 포로한 이방인이 아닌
제 나라 동족을 상대로 감행하는
천인공노 전무후무한 '731부대' 다!

부언:

조선에서는 김정일의 지시로 필요시엔 정치범을 상대로 생체실험도 한다고 한다. 항간에서 자주 무시무시하게 떠도는 그러한 여러가지 소문들을 들을 때마다 순식간 머리칼이 쭈뼛 서고 온몸이 오싹 떨리면서 정말 장차 그 어떤 일이 있더라도 나만은 절대로 나라에다 죄를 짓지 말아야겠구나 하는 생각을 열백번도 더 다지게 되며 고도로 그 정신을 가다듬게 된다. 아마 다른 사람들도 마찬가지로 나와 같은 생각을 하였을 것이다. 하지만 어수선한 세월이 하도나 흉물스러우니 〈범죄자〉는 자꾸 늘어나고 그토록 나라에다 죄를 짓지 않으리라 수백 번, 수천 번도 더 다짐했을 나도 결국 지금은 이렇게 굶어죽지 않고 살기 위해 부득불 외국으로 도망친 〈나라의 죄인〉이 되고 말았다… 참으로 세상사는 예측하기 어려우며 사람의 앞일이란 더더욱 알수가 없다 …

제2부

희귀종 '뼈지렁이'

© 안선숙

'물고기꿰미'

두만강 철교 위
북-중 국경선을 넘어
월경해온 죄인을 전문 체포해
본국으로 수송하는 중국찌프

아니,
죄인이나 찌프가 아니라
여기서는 '물고기' 를 넘겨주는
큰 '광주리차' 라 부른다

그 '광주리' 에서
하나, 둘, 셋, 넷, 다섯 마리
땅에 발을 딛자마자
터지는 죽는 듯한 비명소리-

언녕부터 대기하던 특공요원이
손에 든 길다란 쇠줄 두 줄로
'물고기꿰미' 을 만들려고
다짜고짜 달라붙어 꿰기를 한다

한 줄은 순식간
잽싸게 그 다섯 마리 코를 꿰고
또 다른 한 줄은 손바닥을 뚫고 나와
명실공히 '물고기꿰미'이 되었다

낚시꾼이 다 잡은 물고기를
한 꼬챙이에 꿰여서 차고 가듯
득의양양 보위원이 시위나 하듯
'반동'들을 한데 꿰여 끌고 간다…

부언:

지난 20세기 70~80년대 북–중 국경연선에서는 늘 위와 같은 일들이 발생했다. 처음에는 북조선 보위원들이 통지를 받고 건너와 중국 땅에서 아예 직접 쇠줄로 죄인들의 코와 손바닥을 꿰여 끌고 갔지만, 그 현장을 보다못한 중국당국이 거세게 항의하자 후에는 국경을 넘은 다음 '물고기꿰미'을 만들었다고 한다. 지금은 탈북자들이 날마다 넘치게 너무 많고 많아 다 그렇게 할 방법이 없기에 오히려 그러지 못한다고 한다.

화형식

함북 무산 교외의 어느 언덕
강제로 끌려온 수천 명 군중들
공포스레 지켜보는 가운데
본으로 보여주는 시범극형

이제 곧 잡을 개를 달아매듯
꽁꽁 묶어 큰 나무에 매단다음
그 밑에 두둑이 장작을 쌓고
끔찍한 화형을 집행한다

죄인은 스무 세살 빈궁한 처녀
죄명은 집식구들 생계를 위해
남몰래 라체사진 찍어서
중국에다 내다 판 날라리 죄-

퇴폐적인 자본주의 황색풍조
단호히 철저하게 배격한다.
우리 당의 억척같은 철석결심
확실하게 보여주는 투쟁장소

인민의 적이 된 계급적 원수
그 죄인과 계선을 가르고 나서
실신한 죄인의 가족들더러
강제로 직접 불을 달게 한다

활활활 타래치는 불길 속에서
고통스레 세차게 몸부림치다
새까맣게 그슬은 사체개마냥
처참하게 타죽은 가련한 처녀

그게 대체 얼마나 큰 죄인지
상세히 다는 깊이 모르지만
정녕 차마 눈 뜨고 볼수가 없어
사람마다 고개 탈아 외면한다

적국 '마녀' 잔느*를 불태워 죽이는 (* 잔 다르크)
악독한 영국군 처절한 복수극이 아니다
하나님을 대적한 죄인을 엄벌하는
그 옛날 로마교황의 화형식도 아니다

세상에서 제일로 우월한 사회주의
내 나라의 가장 위대한 로동당이
시퍼런 백주 대낮에 공공연히 진행하는
몸서리치는 현대판 화형식이다!

승냥이

분명히 보위원 셋이 나와
총탄알 아홉 발을 발사해
보기좋게 쓰러뜨린 사형수

바가지가 깨지고 터져서
뇌수까지 대롱대롱 흘러나온
너무 끔찍 공포스런 그 현장

그런데도 모질게 질긴 목숨
완전히 채 죽지 않아 움틀 꿈틀
자꾸만 머리 드는 마지막 발악 –

그 최후를 지켜보며 기다리다
짜증이 난 보위원이 다가가
꼬챙이를 뇌에 넣어 휘젓는다
어서 꺼벅 더 빨리 죽으라고…

질겁한 대부분 구경꾼들
뿔뿔이 도망쳐 흩어졌지만
남은 몇은 그러는 그 짓을 보고
속으로 저주하며 이를 간다

야-! 독사보다 더 악한 저 승냥이
기어이 그리하지 않아도
아무래도 곧 죽을 목숨인데
마지막까지 꼭 그래야만 하나…?!!!

부언:

북조선내 식량사정이 더욱 악화되어 굶어죽어가는 사람들이 점점 많아지면서 사회가 불안정해지거나 민심이 흉흉한 징조를 보일수록 북조선 정권은 사람들에게 큰 공포감을 조성하여 조금이라도 불만을 표출하거나 반항할 엄두도 아예 내지 못하게 하기 위해 그 즉각적인 대응책으로 사람들이 많이 모인 장마당이나 시구역에서 늘 끔찍한 '공개총살'을 집행하곤 한다.
만약 사람이 좀 적을 것 같으면 집안에 박혀 있는 사람이건 지나가는 행인이건 모두 불러다 강제로 한데 집중시킨 다음 억지로 그것을 보게 한다. 최대한 공포심리를 심어주는 그 시각적 효과를 극대화하기 위하여 한 사형수에게 그 머리, 가슴, 배 부위에다 각각 3발 씩 보통 총탄알 아홉발을 발사하는바, 그 현장을 구경한 사람들은 굉장한 충격을 받아 아무리 불만이 많은 사람이라 해도 입을 다물게 된다.

'외계인'

위대한 수령님을 믿지 않고
하나님을 몰래 믿은 반동놈들
전문 그런 미친놈만 잡아다가
따로 가두어 일 시키는 제철소다

머리카락 한 오리 붙어 안 있고
이발도 한 대 없이 다 빠져버리고
키는 줄어 한 메터나 좀 더 될가
땅에 납작 딱 붙어 기는 듯한 기형체

시뻘겋게 달아오른 용광로 고열에
척추마저 녹아내려 꼬부장 꼬부랑
웃 가슴과 아래 배가 한데 맞붙어
락타처럼 뒤잔등에 솟은 혹이 되어버린

멀리서 보면 검은 옷을 입었지만
가까이 가서 보니 앞에만 달랑
시꺼먼 고무앞치마 한 개만 두르고
기계처럼 일만 하는 벌거숭이들

산지사방 튕기는 용광로 불꽃이
바싹 마른 살가죽에 떨어지고 들어붙어
삐지직 연기 내며 타버리고 굳어지고
시꺼먼 들짐승 가죽같이 변해버린 --

똑마치 악몽속 유령을 만난듯
눈앞에서 언뜰언뜰 귀신처럼 움직여
우주에서 내려온 외계인 같고
해골 같고 짐승 같기도 한 무리들

수령님을 믿지 않고 다른 신을 믿으면
다 이렇게 된다 생생하게 보여주는
한 번 보면 누구나 영원히 잊지 못할
머리칼 쭈뼛 서는 공포의 교육현장…!!!

부언:

북조선에는 수령님을 믿지 않고 하나님이나 다른 신을 믿는 죄인들을 잡아다가 한데다 가두어 통일적으로 관리하며 혹독한 고역을 시키는 그런 감옥 안의 작업장이 몇 군데 있는데 그 중 세상과 완전히 격리시킨 비밀적인 제철소나 금광산이 비교적 유명하다. 일단 그런 곳에만 들어가면 죄인들을 죽을때까지 다시는 세상밖에 나오지 못하며 우리가 상상할 수 없으리만큼 지극히 열악한 환경과 조건하에서 한평생 무보수로 로동력을 깡그리 착취당하며 끔찍한 혹사에 시달리다가 서서히 죽어가야 한다. 그 참혹상은 너무 충격적이어서 한 입으로 이루 다 말할 수가 없다.

숯덩이

살아계시는 조선의 유일한 신
수령님을 믿지 않고 하나님을 믿다니?
태양의 그 은혜도 모르는 배신자
완전히 정신 나간 미치광이들

그럼 좋아!
수령님을 굳게 믿는 우리가 사느냐
아니면 하나님 믿는 네놈들이 사느냐
궁금하면 어디 당장 실험해볼가?

고래고래 고함을 내지를수록
더더욱 독이 오른 기세 등등 교도관들
즉석에서 죄인 몇을 끌어내다
발로 마구 차고 밟고 꿇어앉힌다

그리고는 쇠바가지로
시뻘겋게 달아오른 용광로에서
펄펄 끓는 철물을 듬뿍 퍼다가
반동놈의 꼭뒤에 쏟아 붓는다

헉– 외마디 비명과 동시에
방금까지 팔팔 살아 숨쉬던 생사람
순식간 살이 녹고 뼈가 타들며
한 덩이 숯덩이로 변해버린다…

부언:

북조선에는 살인죄보다도 사상이 변질되거나 수령을 반대하는 것을 더욱 큰 중대죄로 취급한다. 특히 북조선 정권과 사회의 절대지도사상인 수령유일사상체계 10대원칙에 어긋나는 반동사상, 즉 수령님을 믿지않고 하나님을 믿는 편향이거나 그런 행위는 도저히 절대로 용납할 수 없는 반역행위나 마찬가지인 중대 '범죄'로서 특별히 엄하게 다스린다. 아마 좀이라도 등한시해서 놓아두었다가 자칫 그 싹이 자라서 점차 나라들 좀먹어 들어가거나 망칠수도 있다는 위협적인 생각 때문에 아예 발견 즉시 그 싹수부터 잘라 버리려는 시도라고 보는 것이 적절할 것이다. 반동들은 나라에서 가장 경계하는 위험분자들이기 때문에 그들을 관리하는 교도관들이 내키는 대로 막 죽여도 하나도 문제가 되지 않는다.

희귀종 '뼈지렁이'

수령님, 장군님을 배신한 놈
혹은 몰래 반대했던 대역죄 지은 놈
전문 그런 반동놈만 잡아 처넣고
특별하게 감시하는 감옥이다

도망칠 엄두도 아예 못내게
철저하게 땅속 깊이 파고 만들어
뙤창 한 쪽 달려있지 아니하고
빛 한줄기 못 드는 캄캄한 지하감방

헌데 아예 그 무슨 인간도 아니라
수백 마리 지렁이가 사는 그 땅굴
간수들은 거기 갇힌 귀신들을
하나같이 '뼈지렁이' 라 부른다

그것도 빨간 지렁이가 아니라
일년내내 빛을 전혀 보지 못해서
모조리 낯이 하얗게 창백해진
움틀 꿈틀 기는듯한 흰 지렁이들

지렁이는 원시 축축한 땅 밑에 사는
뼈도 한 개 있지 않는 고깃덩이
하지만 여기 사는 반동놈들은
앙상하게 뼈만 있어 '뼈지렁이'

지렁이처럼 빛을 보지 못하지만
몸은 오히려 살점 한 점 붙지 못해
한 무더기 해골같은 '뼈지렁이' 라
그래서 지어 붙인 참 묘한 별칭이다

당연히 이 지구 어데서도 볼수 없고
오로지 조선에만 서식되는 희귀종
공룡보다 더 진귀한 '뼈지렁이' 는
하늘이 낸 위인의 나라에만 출현한다…

부언:

북조선에는 전문 수령을 배신했거나 몰래 반대했던 '죄인' 들을 잡아다가 깊숙이 가두어 넣고 특별하게 감시하는 지하감옥이라는 것이 있는데, 그런 죄인들은 민족의 태양인 수령님의 은혜로운 햇빛을 받으며 그 땅위에서 살아갈 자격을 이미 상실한 놈들이기 때문에 감옥에 가두어도 밝은 햇빛이 드는 지상감옥이 아닌 완전히 어둑 캄캄한 지하감옥에 가두어 둔다. 일 년 내내 빛 한오리 보지 못해서 얼굴이나 머리칼이 온통 새하얀데다가 먹지 못해 온몸에 뼈만 앙상하게 남다보니 간수들로부터 '흰지렁이' '뼈지렁이' 라고 불리우기도 한다.

'인간콩나물'

길쭉한 콩나물이 빽빽한
찌물쿠는 콩나물 시루속 같다
잡아가둔 죄인들이 너무 많아
단박 왈칵 터질듯한 방뚝처럼
포화상태 보위부 작은 감방

앉지도 눕지도 못하고
한 발작 발 내디딜 틈새도 없이
콩나물시루속의 콩나물처럼
죄인끼리 서로 몸이 딱 붙어
간신히 억지로 비비고 서있는 --

게다가 콩나물처럼
매일매일 한줌씩 뽑아서 먹듯
날마다 몇 놈 죽어 뽑혀나가니
그게 그래 콩나물시루 속에 들어있는
콩나물이 아니고 무엇이겠는가?!

그런데 콩나물 시루속이면
한줌씩 조금 뽑아 먹을 때마다

그만큼 그 공간이 헐렁해지나
허참, 이놈의 찌물쿠는 시루 속은
웬일일가 점점 좁아 숨이 컥컥 막힌다

이 나라에 죄인이 어찌나 많은지
날마다 자꾸만 부지런히 잡아들여
그 숫자가 줄기는 고사하고
갈수록 더더욱 넘치게 불어나는
콩나물시루속의 콩나물들

조금씩 한줌이 아니라
이제는 단꺼번에 통이 크게 몇 줌씩
아무리 팍팍팍 뽑아내도 끝이 없는
먹지도 못하는 그 '인간콩나물'
나라님이나 콱 – 처먹이면 좋겠다…

사형

판결이 내려져
죄인을 불로 태워 죽이면
최고 극형인 화형

그다음
밧줄로 목을 매달아 죽이면
극형인 교수형

행운스레
아홉 발 총으로 쏘아죽이면
일반사형인 총살형

하지만
정식 판결이 내리지 않아도
날마다 감옥 안에서
제멋대로 실시되는 또 다른 사형

눈에 약간 거슬려
보위원이 사정없이 때려죽이면
너무나 일상인 타형

열흘, 보름 류치장에 가두어
밥도 물도 주지 않고
기본상 그대로 방치해두면
스스로 굶어죽고 말라죽으니
더더욱 교묘한 건형

죽음의 나라
지옥같은 이 나라 조선에서
끝도 없이 죽어나가는 죄인들은
오히려 타형이나 건형으로
매일 대부분 그렇게 죽는다…

성냥갑

시체보관실이 아니라
성냥개비 촘촘한 성냥갑이다

보위부 취조를 받으며
고문당해 때려 죽고 지져 죽고
게다가 굶어 죽고 말라 죽고
날마다 몇 놈씩 죽어나가니
그것들을 일일이 끌어내다
땅을 파고 파묻기가 시끄러워서

이제는 차라리
성냥갑 안에 촘촘촘 가로 눕힌
몇십 개비 성냥개비처럼
시체 위에 또 시체를 덧쌓아
죽은 범인 꼴똑* 채운 시체보관소

그렇게 보관했다
'성냥갑' 이 터질듯 가득 차면
한꺼번에 자동차로 실어내다
화장로에 집어넣어 활활활 불태우는
성냥개비처럼 바싹 마른 시체들

그러니 당연히
시체보관실이 아니라 성냥갑이다
그 속에 드러누운 죽은 죄인도
시체가 아니라 성냥개비다…

*꼴똑-가득

부언:

북조선의 감옥이나 상무에서 날마다 죽는 사람들이 몇몇씩 생기는 것은 아주 일상적인 다반사이다. 그런데 그 시체 뒤처리가 문제였다. 너무 빈번하게 죽어나가니 시끄러운데다가 특히 겨울에는 땅이 얼어서 구덩이를 파고 묻기도 너무 힘들어 후에는 궁리하다 못해 부득불 아예 전문 '시체보관소'라고 이름 붙인 창고를 하나 고정해놓고 매일 죽는 사람들의 시체를 그 속에다 차곡차곡 덧쌓아서 몇 주일 씩 보관했다가 일정한 정도로 꽉 찼을때 드디어 자동차로 한꺼번에 실어내다 화장해 버리곤 하였다.

‘교예고문’

도끼눈을 부릅뜬 간수놈이
삼엄하게 감시하는 그 가운데
지시대로 자행되는 ‘교예고문’ --

두 손을 수평으로 내민 다음
손목에다 벽돌 한 장씩 달아놓고
한두 시간 들고 있으면 ‘기중기’!

두 팔을 날개처럼 펼친 다음
한발을 들고 서서 껑충껑충
두세 시간 ‘날아’ 다니면 ‘비행기’!

무릎을 반쯤 꺾고 쪼그린 후
움켜쥔 두 주먹을 좌우로 틀며
서너 시간 용케 버티면 ‘오토바이’!

두 발을 하늘 높이 거꾸로 선채
감방 벽에 기대어 요지부동
하루 종일 그대로 있으면 ‘물구나무’!

눈에 좀만 거슬려도 시키거나
'황제' 인 간수놈이 심심해도 위로하느라
공연처럼 펼치는 각종 '교예종목' 들

범인에게는 엄청난 학대이지만
흐흐흐, 감상하는 간수에겐 더없는 대만족
그 고통이 심할수록 더욱 큰 향수란다…

물고문

으흐, 또 손님이 왔구먼!
물세례를 받으러 끌려 들어온
겁에 질려 옹송그린 '손님' 한테
고문담당전문가 요원이 다가서며
복무원이런듯 일일이 소개한다

흐흐, 제일 편한 물봉사는
머리채를 끄잡아서 통째로
물독에다 오분 십분 틀어박아
정신을 아찔 까물 잃게 하는 것
이것이 제일 흔한 기본이야!

그다음
더욱 재미나는 물봉사는
굵직한 물호스를 식도 넘어 쑤셔 넣고
배가 불룩 남산만큼 부를 때까지
끊임없이 물로 꼴똑 채우는 것

마지막
가장 신비한 물봉사는

턱밑까지 물이 들어찬 물감옥에 모셔 넣고
닷새, 열흘 그채로 푹– 쉬게 하면
살이 썩고 풀어지며 코 고는 것 ––

으흐흐흐,
'손님' 의 취향이 어느 쪽인지
어느 걸로 봉사해 드릴가…???!

불고문

이건 절대
그저 보통 빨간 인두가 아니야

요것이 바로
세상에서 제일 맛있는 고기지짐
그 지짐을 굽는 주걱이란다!

으흐흐, 요걸로 먼저
참외처럼 조롱 달린 네 젖통을 지져
오이꽃이 오이에서 똑 떨어지듯
아예 고 젖꼭지도 똑 따줄가?

아니면
영원히 다시는 그 짓도 못하게
네 밑의 그것을 뿌지직 지져서
철저하게 드나들 구멍까지 없애줄가?

웬일인지
어느 때부터인지는 잘 모르겠지만
아무튼 계집년이 발버둥 몸부림칠수록
난 오히려 기분이 썩 더 좋아져…

그러니
마음껏 내 귀가 즐겁도록
참지 말고 귀맛 좋은 아우성
노래같은 비명을 더 크게 질러봐!

이상하게도
그래야 나도 더욱 흥분되고
진짜 몸이 후끈 달아오른다니깐
네 년도 아마 평생 잊지 못하게
최고로 황홀감을 만끽할거야!

그러니깐
정말로 살맛나는 그 자극
함께 오를 그 순간 절정을 위해
우리 둘이 합작을 잘하자구!
알았지? 으흐흐흐흐…!!!

창살

배고파 탈영했다 도로 잡혀온
뼈만 앙상 홀쭉 여윈 병사에게
군부대 장병들을 모아놓고
엄숙하게 진행하는 군사재판

판결은 총살이 아니라 창살
그것도 부모와 동생까지 불러놓고
그 가족이 지켜보는 앞에서
소속분대 전사들이 집행한다

어제날 가슴 뿌듯 병사 된 긍지
소중한 조국을 지키기 위해
멸적의 창격기술 련마하며
어깨 겯고 함께 날리던 그 총창

오늘은 그 창으로 한 부대 전우
아니, 지금은 전우가 아니라
인민의 원쑤로 돌변한 계급의 적
그 '놈'을 단죄하며 찔러야 한다

첫 창은 분대장, 두 번째 부분대장
그다음 차례로 셋, 넷, 다섯… 일곱
후들후들 떨리는 총창을 꼬나들고
계속 돌진하며 "악-!" 하는 전사들

순식간 피못이 된 끔찍한 현장
병사들 모두 푹-고개를 떨구고
제일 먼저 기혼한 어머니
아버지와 녀동생도 쓰러졌다…

격파처럼 솟구칠 때 돌아오면

가련한 이 나라 백성들
도대체 무슨 죄를 지었길래
얼마나 큰 죄를 지었길래
쩍하면 사정없이 잡아가고
쩍하면 가차없이 공개총살 –

그것도 총 한방이 아니라
무려 아홉 발씩이나 짱짱 쏴서
하늘아래 너무나 소중한 생명
파리 잡듯 눈 한번 깜짝 않고
그리도 쉽사리 막 죽이노?

목에 울뚝 핏대를 세워가며
성토하는 판결문을 들어봐도
기껏해야 굶어죽지 않고자
나라창고 쌀뒤주에 뛰어들어
쌀 한 자루 훔친 죄밖에 없는데…

가득이나 먹지 못해 주린 백성
앙상하게 뼈만 남은 여윈 모습

형체조차 알아보지 못하게
그렇게 런발로 죽탕 쳐놓고
가마니에 아무렇게 둘둘 말아
어디론가 실어가며 또 으름장-

사형수 가족이 펑펑 울면서
아무리 무릎 꿇고 애걸복걸
시신을 걷어가려 하여도
악질범은 안된다 딱 잡아떼며
왜? 왜?? 왜???
그 시체마저 돌려주지 않노…?

이 나라 가엾은 백성들
지금은 공포 속에 떤다만
이제 그 두려움도 다하고
드디어 악만 남아 치를 떨며
격파처럼 솟구칠 때 돌아오면
오늘 죽은 백성의 그 피값
백 배로 천 배로 받아 내리라!

네놈이 더 악질적이다!

오늘도 본으로 시범으로
한바탕 총소리 짱짱짱 들려주고
수천 명 수만 명이 모여서
무겁게 침묵하는 대중 앞을
보위부 방송차가 지나가며
어지간히 격앙된 방송원이
다시금 분노에 차서
악청으로 귀 따갑게 성토한다

아무리 살기가 어려워도
누구나 다 자력갱생, 간고분투!
절대로 절도하지 말라는데도
듣지 않고 한사코 도적질을 감행해
수치스레 총살맞은 범죄자들
그것도 나라 쌀을 훔치다니?
백 번 죽어 마땅한 그 죄상이
지극히 악질적이란다!

하지만 –
겉으로는 내놓고 말 못하지만

알만한 백성들은 누구나 속으로 항거한다
도적이 되도록 백성을 궁지에로 몰아넣은
저만 혼자 배불뚝이 독재자가 더 악질적이지
굶어죽지 않으려고 하는 수없이 도적질한
그 백성에게 무슨 죄가 있단 말이냐???
악질! 악질!! 네놈이 더 악질적이다!!!

상무

'6.20' 상무, '9.27' 상무
장군님 교시로 그 은혜로
전국 각지 시, 군마다 우후죽순
'구제' 를 명목으로 나온 상무들

온 나라 어데 가나 류리걸식
굶주리며 죽어가는 백성들
그들을 동정하여 살리려고
일떠세운 상무가 근본 아니다!

가장 좋은 사회주의 똥칠을 하며
나라망신 다 시키는 류랑자들
외국인과 맞다들면 더욱 창피해
적절하게 급히 세운 대응조치다!

얄미운 그 놈들이 골치 아파
교묘하게 한 곳에다 잡아들여서
쥐도 새도 모르게 가두어
더 빨리 굶겨 죽이는 살인집결소

밖에서 떠돌며 빌어먹으면
몇 달은 그런대로 살수 있으나
상무에 들어가면 더욱 굶주려
스무날도 못버텨 죽어나가는-

그 곳이 바로 상무다 감옥이다
이 곳에만 얼리워서 들어오면
꼼짝달싹 못하고 앉아서 죽는
지옥으로 통하는 첫 관문이다…

나라의 '축복'

– '2.13(어린이)상무' 아이들

죄수복 입지 않았어도
여기선 하나같이 모두가 '죄인'
그것도 희한한 '꼬마죄인'

게으른데다가
모두가 사상이 '불량' 해
너무 일찍 어린 나이에 얼떨떨결에
무수히 많이도 저지른 죄 죄 죄–

나라 앞에 효자동, 충성동 못될망정
이리저리 류리걸식 빌어먹으며
사회주의 우월체제 어지럽힌 죄

그렇게 구걸하며 나라 팔다 못해
배고프다 핑계 삼아 또 소매치기
인민의 재산까지 훔친 도적질 죄…

온 나라가 이토록 어려운 판에
절대로 공밥이야 먹일수 없지

더군다나 혁명의 후대도 아닌
못된 '불량배' 애새끼들임에랴!

그런데 봉창으로 강제로동 내몰아도
쥐새끼처럼 너무 작아 약체인데다
바람이 불어도 넘어질듯 비실비실
각자 한대만 때려도 죽어버리니…

이런 쯧-쯧- 나 원 참,
철딱서니 없이 한심한 쬐꼬만것들
정말 전혀 아무짝에도 쓸모없는
나라의 짐보따리, 골칫거리들

그런 너희들에겐
죄수복 만들어 해입힐
그런 천도 없거니와 아까워
그저 이대로 일하다 빨리 모두 뒈지거라!

매일 배를 출출 곯고
아픈 매 맞으며 죽도록 일하느니
어쩌면 오히려 너희들에겐
차라리 그편이 더 편할지니

오, 한없이 위대한 장군님 은혜
하늘보다 크나큰 나라의 '축복'
이것이 나라의 왕인 너희들에게 내려주는
마지막 '축복' 이란다!!!

'꼬마죄인'

"우리는 행복해요!"
온 나라 아이들이 행복동이들인
사회주의 지상락원에 똥칠을 한다고

게다가 소매치기까지 하니
저런 부랑둥이 아이들은
모두 잡아 가두어야 한다고

어느 날 장군님 승용차 안에서
불쾌히 던지신 한마디 교시에
즉각 세운 '2.13(어린이)상무'

그 곳에는 나라의 특별조치로
전국 각지에서 잡아들인
떠돌던 수백 명 아이들이 있었다

그리고 또
아빠엄마가 모두 굶어죽은
두 살짜리 꽃제비 아기도 있었다

보육사 아지미가 데리고 있은
최년소 '꼬마죄인' 이라 그 애에겐
가끔 가다 특별한 '특혜' 도 주어졌다

아프다고 시끄럽게 자꾸 칭얼대면
며칠에 한 번씩
이름 모를 알약(수면제)도 한 알 던져주고

배고프다 눈물 대롱 애원하면
욕하다 밥 대신
그래도 꽃 한송이 먹으라고 내어주고…

벌을 내려도 그 애에겐
엄벌로 맞아죽은 큰 애들과 달리
그야말로 제일 경한 처벌만이 내려졌다

아빠엄마 그리워 울라치면
울다 지쳐 울음 흑- 그칠 때까지
극상해야 가두어 끼니 나흘 굶기고…

지성이면 돌 위에도 꽃 핀다는데
나라에서 베풀어 준
알뜰살뜰 그 정성이 모자라서인가
햇살 같은 장군님 은혜마저 잊은듯

그렇게 징징대던 꽃제비 아기
세상에서 제일로 어린 '꼬마죄인' 은
천국 간 그리운 아빠엄마를 찾아
끝끝내 한 달도 채 못되어 '날아' 갔다…

'인간사냥군'

위대한 장군님 최고지시로
보위부, 보안서까지 적극 나서서
련합으로 운영하는 '상무' 기구
그곳에서 사업하는 일군들을
나라에선 '상무' 일군이라 부른다

하지만—
날마다 강성대국 건설을 위해
강조하는 사회주의 '거리문명'
네거리를 깨끗하게 정화하고자
공산주의 쓰레기인 거지들을
말끔하게 쓸어내는 그들을 두고
사람들은 '거리청소군' 이라 부른다

걸식하는 골칫거리 류랑자
외국인의 눈에 띄면 더욱 난처해
어떻허나 얼려서 상무에 데려가
옴짝달싹 못하게 가두어두는
그런 일에 미립이 튼 나라일군들
멋모르고 끌려 들어간 백성들은
그들을 '감옥의 간수' 라고 부른다

사회의 부담거리, 나라망신인
그런 놈들 전문 잡아 한데다 모아
더 빨리 굶겨 죽이는 집중도살영
멀리서도 그 일군과 마주치면
승냥이를 만난 놀란 토끼마냥
허겁지겁 도망치며 꽃제비들은
그들을 '인간사냥군' 이라 부른다…

거지의 소망

빌어먹는
우리나라 사회주의 공산주의
인젠 정말 싫어요

잘 사는
이웃나라 자본주의 자유세계
거기가 썩 좋아요

동냥을 해도
부요한 그곳에 가서
마음껏 자유롭게 활개치며
배불리 빌어먹고 싶어요

걸식하는 우리를 마구 붙잡아
일부러 더욱 빨리 굶겨죽이는
무시무시한 상무가 없는
그런 곳에 찾아가 살고 싶어요…

꽃제비 통일련가

짜지게 빈궁한 우리 나라
동냥할 쉰밥조차 없는데다
보는족족 상무에 잡아 가두어
옴짝달싹 못하고 굶겨죽이니…

부득불 잘 사는 이웃나라
남의 땅에 도망쳐가 구걸하면
갖은 천대 온갖 설음 매일 걱정
또 잡혀 북송될가 조마조마…

살기 힘든 조선의 꽃제비들
그리고 가난한 모든 백성들
한결같은 념원은 오직 하나
그 소원도 똑같은 어서 통일!

하루빨리 통일이 되어서
강남가는 제비처럼 훨훨훨
상무 없는 안전한 남조선 가서
배불리 밥을 실컷 빌어먹었으면…

하늘을 원망…

위대한 수령님 사상으로
철저하게 무장된 고상한 나라이니
죄인이 한 명도 없어야 옳은데
왜 죄인들이 더더욱 넘쳐날가?

인구당 비례로 따지며는
이 지구, 아니 지구뿐이 아니라
은하계, 외성계, 온 우주에서도
특별히 죄인이 제일 많을 이 나라

전국 각지 방방곡곡 사처에
어데 가나 죄인이 우글우글
감옥이 터질듯 넘쳐나니
이러다 이 나라가 망하지나 않을가?

차라리 그래서 망했으면
백성들이 숨통 트여 좋으련만
아직도 천년만년 그냥 더 갈듯
도저히 끄떡없는 괴상한 이 나라

온 국토가 통째로 큰 감옥이고
전 백성이 누구나 다 죄인이니
아무리 생각해도 한심한 나라
너무나 잘못된 정말 큰일인데

하나님, 분명 이를 보시고도
그냥 외면 못 본척 하신다면
맙소사! 이 세상 그 누가 이제
'공평' 한 하나님 존재를 인정할가…???!

제3부

통일의 문이 열릴 그날까지

ⓒ 안선숙

귀족돼지의 억울한 하소연

수용소 죄인들을 부리어
돼지를 기르는 경비대 돈사에는
새끼돼지 두 마리가 있었지만
일년 사철 계절이 다 가도록
뼈만 앙상 여위고 빼빼 마를뿐
언제 봐도 계속 고만 크지 못했다

언제면 빨리 자라 잡아먹을가
아무리 눈여겨봐도 신통치 않아
에잇, 재수없이 잘못 고른 새끼종자
그 품종에 문제 있다 판단되어
여러 번 돼지를 바꾸었지만
그새가 장새라 또 마찬가지—

그만에야 의심이 부쩍
뱀 같이 독이 오른 경비대놈들
심도 깊이 조사를 진행해서야
드디어 찾아낸 문제의 실마리
끝내 겨우 그 의문을 풀어냈다

돼지에게 죽을 주는 죽일놈 죄수
그 놈과 짜고 든 몇몇 친구들
구유에다 죽을 듬뿍 쏟을 때마다
한 무리 죄수들이 달려들어
그 알짜 건더기는 다 건져먹어
겨우 남은 물만 조금 먹게 된 돼지
도무지 클래야 클수가 없었다…

돼지가 먹어야 할 돼지의 죽을
마치도 제 밥인 것처럼
매일 세끼 살금살금 기어들어
게걸쟁이 그 놈들이 다 뺏어먹어
제대로 먹지도 못한 억울한 돼지
크려 해도 어떻게 클수가 있으랴?

무엇보다도
말 못하는 어리숙한 돼지가
답답하게 사람의 말을 할줄 몰라
벙어리 냉가슴 앓듯 속으로만 끙끙
렴치없는 날강도 도적놈한테
시비를 제대로 캐지 못해서
항의를 강경하게 하지 못해서

그보다도
우리 안에 꽁꽁 갇힌 키 작은 돼지가
그 높은 울타리를 뛰어넘지 못하니깐
곧바로 무서운 경비대 찾아가
미주알고주알 고자질하지 못해서
괘씸한 그 놈들을 혼쌀내지 못해서

그래서
피둥피둥 살만 쪄야 할 복덩이
사시장철 놀고먹는 양반같은 귀족돼지들
뼈 빠지게 일만 하는 수용소 죄인들보다
상당히 월등한 신분이고 팔자임에도 불구하고
하나님 맙소사! 너무너무 억울하게도
그 상놈의 죄인들과 똑같게 여위여버렸다…

만세를 부르는 보위원들

으흐흐, 수용소 이 안에서
갓 수감된 곱게 생긴 계집들은
모두가 보위원인 내 차지지!
누구나 군침을 꼴깍 삼키며
호시탐탐 노려보는 먹잇감들

지금은 이슬 먹은 꽃 같지만
몇 달 후이면 예쁜 꽃이 아니라
살이 다 빠져 뼈만 앙상 삐쩍 마를
너무도 불 보듯 뻔한 그 흉상
귀신같고 해골 같아 소름이 오싹 –

그때는 나더러 거저 주며
공짜로 먹으라고 해도 안 먹어
에잇 퉤, 이가 우글 서캐도 후드득
내 곁에 오기만 해도 뒷걸음질
께끈하고 더러워서 못 먹는다

그러니 지금 한창 포동포동
살점이 하나라도 붙어있을 때

게걸스레 먹어야지 언제 먹겠냐
으흐흐, 날마다 따먹는 그 재미
정말 평생 잊지 못할 꿀맛이다!

가련한 요년들의 파리목숨
모조리 이 한손에 달렸거늘
살겠거든 찍소리 말아 제길!
언감생심 '제왕' 인 보위원
감히 내게 반항한단 말이냐?

그러다가 배가 불면 어쩔라고?
칫, 까짓 뒤처리야 식은 죽 먹기
꼭대기에 들통나서 처벌받기 전
맞춤한 덤터기를 땡강 씌워
비밀리에 처형하면 고만인걸!

아무튼 황홀한 행복을 주신
수령님, 장군님께 정말 감사해
아니면 이 세상에 태어나서
언제 이런 향수를 누려볼가
애당초 꿈도 아예 못꿀 일이지

그래서 살맛나는 보위원들
은혜로운 수령님, 장군님께

더더욱 충성을 맹세하며
오늘도 목이 메여 만세 만만세
수령님, 장군님 만세를 부른다!

하모니카집 근친통간

전국 각지 수용소가운데서도
유달리 따사로운 햇살이 비치는
따로 내온 특수구역 작은 마을엔
조금 경한 죄를 지은 죄수거나
특별히 공을 세운 죄인들
그들의 가족들만 모여 사는
길쭉한 하모니카집이 있었다

중간에 간벽 한 겹 사이 두고
단칸집이 올망졸망 눌어붙은
하모니카처럼 생긴 집
식구가 많건 적건 관계없이
한 가족당 한 칸씩 차례지는
콧구멍만한 그 작은 집에서
한 가족이 함께 산다

언감생심 돼지굴 같다고
감히 툴툴 불평해선 안되지
죄인에게도 집을 준 인덕정치
햇님같은 따뜻한 그 사랑에

두고두고 감격하고 되새기면서
황공한 온 집식구 죽을 때까지
그 집에서 고맙게 살아야 한다

하지만 일단
이곳에만 들어오면
홀애비나 과부는 물론
총각이든 처녀든
그 누구도 련애는 절대금지!
평생 장가도 못들고
당연히 시집도 못간다

어기면 헉- 총살인데
이거 성화 원초적 인간본능
억제하며 누를수록
더더욱 솟구침을 어찌하랴
그래서 잠을 잘 때
한밤중이면 은밀히 성행하는
황당한 '애정' 행각-

모자간이 들어붙고
부녀간이 뒤엉키고
오누이간 물고 빨고
절대로 강간이 아니다

서로간 원해서 통하는 화간
밀려가고 밀려오는 밀물 썰물
저절로 일어나는 자연의 조화다!

당이 베푼 후더운 배려로
신비한 하모니카집에서
막무가내 행해지는 근친통간
차마 눈 뜨고 볼수가 없어
짐승조차 얼굴을 붉히지만
당사자 그들은 마비되어
후- 하고 한숨만 내쉴 뿐이다

아무리 인륜상실
해괴한 짓거리일지라도
땅은 그저 가슴만 답답하고
하늘도 한심하고 기가 차지만
천벌 벼락도 내리지 않고
무겁게 침묵만 지키면서
묵묵히 말이 없다…

'장려결혼'

날마다 고역에 시달리는 죄인들
그 로동열의를 불러일으키고자
해마다 꼬리 없는 황소들 중
특별히 일 잘하는 몇 놈만 뽑아
표창으로 시켜주는 '장려결혼'

무엇보다 우선
내려보낸 과제를 넘쳐 완수 !
고분고분 보위원의 말도 잘 듣고
표현이 뛰어나게 좋은 개조생
그런 자만 누리는 '특혜' 란다!

하지만 아무리 '특혜' 라도
상대를 제 뜻대로 고를 권리는 없어
그 무슨 중매쟁이도 필요 없고
요상한 자유련애는 더더욱 금지다
발각되면 무조건 총살이니깐
그저 보위원 말 한마디면
즉석에서 이루어지는 '번개결혼'

"한없이 따사로운 태양의 품
자애로운 수령님, 장군님 은혜로
일 잘하는 김 씨와 장 씨 두 사람
'표창' 으로 특별히 결혼시킨다
오늘부터 너네 둘은 부부니깐
한 주일에 한 번씩 합방을 허락!
그러니 앞으로 일을 더 잘해…"

'어명' 인데 뉘가 감히 거역하랴
더욱이 수용소안 딴 놈들은
평생 가도 꿈조차 꿀수 없는
누구나 다 부러워 죽는 '봉 잡은 일'
흐흐, 하늘에서 뚝 떨어진 행운인데야!

질투하는 죄인들 충혈된 눈이
저저마다 우러러 쳐다보는 가운데
장엄하게 거행되는 엄숙한 결혼례식
이 세상 어디서도 볼수 없는 멋진 가관
심장이 단박 튀어나올듯 떨리지만
평생에 두고두고 잊지 못할 추억이니
여보, 정신 번쩍 차리라우!
너무 긴장해서 아차 자칫 실수할라?
얼떨결에 그 순서를 오껴서도 안되지

첫 순서는, 죽여도 마땅할 죄인한테
하해같이 베풀어준 그 은정에
눈물콧물 흘리면서 무지무지 대감격!
다음은, 거실 안에 높이 모신
위대한 수령님, 장군님 초상 밑에
무릎으로 엉금엉금 기어가서
수십 번 수백 번 큰 절을 하고--
마지막, 비칠비칠 일어설 땐
하늘 향해 두 팔을 한껏 쳐들고
목 터지게 만세도 높이 외치고…

온 수용소가 떠나갈듯
한바탕 터치우는 격정의 소용돌이
그 영광의 례식이 끝나면
마침내 그들은 한쌍의 '원앙' 이 된다…

우물 안을 뛰쳐나온 개구리

수용소 특수구역 작은 마을
'표창' 으로 결혼한 죄수부부
그 결실인 아들을 하나 낳았다

수용소에서 태어나
수용소 그 안에서 자라나며
한 번도 그 곳을 벗어나본적 없어
아마도 그 아이에게
지구가 얼마 크냐 물어본다면
자기에게 주어진 제한된 공간
활동하는 그 작은 범위가 바로
아이가 알고 있는 지구의 면적

따라서
그 아이가 의식하는 세상도
동서로 십몇 킬로
남북으로 이십여 킬로
높은 담장과 깊은 함정들
고압전기철조망으로 빙- 둘러막힌
그 눈에 보이는 수용소가 고작이고
그게 바로 이 세상의 전부인걸!

죄인인 부모를 둔 탓으로
수용소 담장안 일을 내놓고
바깥세계 일들은 전혀 몰라서
우물 안 개구리가 된 그 아이
자기가 살아가는 세상 밖에
또 다른 세상이 있는 줄도 모르고
얼떨떨 두리뭉실 살아오다가
어느새 소년으로 훌쩍 커버렸다

그러던 어느 날
한평생 바깥세상에서 살다가
죄를 짓고 수감된 새로 온 죄인
그가 들려주는 전설같은 이야기
두 눈이 휘둥그레진 '개구리' 소년은
이 세상에 태어나서 처음으로
그가 사는 세계와는 완전히 다른
또 다른 세상을 알게 되었다

세상은 참 신기한 요지경
동화같은 이야기는 들을수록
무엇이나 다 신기하고 흥미진진
너무나도 황홀하고 아름다워
정말이지 '개구리' 소년은
언제든지 작은 '우물' 을 벗어나

신비한 그 바깥 큰 세상으로
꼭 한 번 나가보고 싶었다…

그날부터 오매불망 꿈을 꾸며
호시탐탐 기회만을 엿보다가
드디어 하늘이 준 천재일우
목숨 걸고 넘어선 전기철조망
끝끝내 '우물'을 뛰쳐나와
세상 밖으로 빠져나온 그 소년
지금은 의젓한 대한민국 청년
세계적인 인권운동가가 되었다…

황당한 '신화'

연단에 올라선 그 청년
자기도 분명 이북에서 온 탈북민
북한에서 태어나 자라며
11년제 학교까지 마쳤지만
먹은 나이 스물이 넘도록
도대체 김일성이 누구인지
김정일이 누군지도 몰랐다 한다

삽시간 대회장은 술렁술렁
우박처럼 쏟아지는 핀잔, 면박들
'김일성, 김정일' 을 모르면
단 하루도 못사는 북한 땅에서
그게 어디 가당키나 한 일인가?
아무리 엉터리로 뻥친다 해도
그래도 조금은 상식에 맞는
비슷한 거짓말을 꾸며대야지
우리를 뭘로 보고 우롱하는가…???

하지만, 청년은 성근하게 답한다
날마다 명색으로 학교는 다녔지만

권총을 찬 무서운 선생님한테
그가 배운 전 과목은 국어와 산수뿐
그것도 작업의 편리를 위해
죽도록 일만 하며 짬짬이 배운
국어는 겨우 기록할수 있는 정도
산수도 고작 가감할수 있는 수준
곱하기와 제하기도 못배운 학교-

그 이상은 가르칠 가치도 없어
왜냐하면 죄인의 자식들 모두
수용소가 사육하는 새끼 송아지
장차 평생 부려먹을 부림소라
그 때문에 나라에서 귀찮아서
'소' 들에게 가르치지 않았으니
깜깜 몰랐던 '김일성, 김정일'
세상밖에 나와서야 알게 된 그 존재
여러분들은 리해할수 있는가???

성실한 그 청년이 되묻는다
"여러분 집에서 키우는 한우
대한민국 대통령을 알수 있어요?"
삽시간 대회장은 물 뿌린듯 조용
사람들은 누구나 할 말을 잃는다…

북조선 정치범수용소

여기서는
들어오는 그 순간부터
내가 소다 말이다 개다 생각해야 산다
그래야 요행 죽지 않고 살아남는다

혹시 단 일초라도 눈곱만큼이라도
나 자신이 사람이다 생각하고
까짓 권리를 찾으려고 한다면
그거야말로 정신 나간 과대망상
당장에서 계호원에게 맞아죽는다

그러니 여기에만 들어오면
무조건 철칙같은 절대적 복종
당연히 그러는게 지극히 똑똑한 놈
그 무슨 인권 따위 잠꼬대는
아예 까딱 입 밖에 꺼내지도 말아야 한다

그래야 잠시라도 내가 산다
공기를 마시고 숨을 쉴수 있게 한다
아니면 곧바로 시켜주는 지옥직행--
끔찍한 생죽음이 어서 오라 손짓한다

하지만 잠시
아주 조금 잠시만 숨을 쉬게 해줄뿐
그것도 얼마 오래 장담하지 못한다
아차 실수 한번 눈에 거슬리기만 하면
언제 어디서 어떻게 떨어질지 모르는 생벼락
순식간 싸늘한 사체로 돌변한다

그곳이 바로 여기다
인류사상 전대미문 전무후무한
배고픈 애들도 떼질 쓰며 보채다가
그 소리만 나오면 울음 뚝 – 그치는 곳
듣기만 해도 머리칼 쭈뼛 일어서고
온몸에 오싹 소름이 돋는다는
그 무시무시한 정치범수용소다!

뒤바뀐 인민들 생각

리인모가 조국으로 돌아왔다
그것도 남조선 감옥에서
34년간이나 전향서 쓰지 않고
끝까지 투쟁한 비전향장기수
그 '악질'을 적국에서 죽이지 않고
이렇듯 쉽사리 놓아주다니?

영화나 텔레비, 소설을 보면
그토록 나쁘다는 남조선 '악당'들
원쑤한테 인도주의 발양해
고스란히 고향으로 보내주다니
여기서는 백 번 죽여 칼탕쳤을 일
그게 어디 가당키나 한 일인가?!

인민들은 도저히 리해하지 못한다
남조선 감옥은 구경 어떤 곳이길래
대역죄인도 80세 이상 장수하고 석방되고
나중에는 소원대로 송환까지 시켜주나?
여기서는 대부분 극상해야 겨우 삼년
지어 석 달도 못버텨 죽고 마는데…

게다가 뭐, 그 무슨 단식투쟁?
하루 세끼 꼬박 고이 받쳐 올리는
여러 가지 국과 반찬, 쌀밥마저
먹기 싫어 굶으면서 항의를 하면
당국에서 바빠 맞아 들어준다니
이건 완전 감옥 아닌 천국이구나!

인민들은 더더욱 리해하지 못한다
여긴 지금 감옥 안 죄인은 고사하고
인민들도 무더기로 굶어죽는 판인데
남조선 '괴뢰' 들이 그들을 잡아다
감옥 안에 처넣으면 얼마나 좋으랴
인민들 살길이 생겨 행복하련만…

그로부터 인민들 생각도 바뀌어
남조선 놈들은 악당이 아니라 부처
남조선 감옥도 지옥이 아닌 천국
그러니 남조선 사회야 더 말해 무엇하랴
거기야말로 인민이 동경하는 지상락원
리상하는 사회, 선망의 대상이 되었다…

'남조선' 류행

남조선 노래를 흥얼거리며
디스코춤 추다가 덜컥 잡혀서
곧바로 수용소 직행-

남조선 라지오를 몰래 듣다가
아차 깜빡 졸 때 불쑥 들이닥쳐
가차없이 수용소 직행-

중국으로 공무집행 나가서
남조선 사람인줄도 모르고
우연히 말 몇 마디 나눴다가
늦게야 눈치 챘지만 엎지른 물
동료의 고자질로 또 수용소행-

그놈의 '남조선' 이 무엇인지
신비하긴 하지만 공포스러워
이제는 '남조선' 이란 그 말조차
함부로 번지기가 두려워난다

한때는 너무너무 잘나가다도
'남조선' 그 때문에 잘못된 친구
아니, 이제는 친구가 아니라
계급적 적이 된 인민의 원쑤
내 주변에 구경 무려 얼마던가!

하지만 그래도 어인 일인지
암만해도 도무지 떨칠수 없어
날에 날따라 눈덩이 굴리듯
점점 더욱 커지는 '남조선' 유혹

요즘은 '남조선' 이 류행이라
오히려 목숨 걸고 강행하는
줄을 이은 남조선 탈출바람
이러다 멀지 않아 우리 인민들
자칫 몽땅 남조선에 가고 말겠다…

이 나라에도 이제 봄이 오려는가

아, 정치범수용소
그곳은 사시장철 너무너무 춥다
봄이 없다!

밖에서는
해마다 새싹이 움트고 꽃이 피고
어김없이 사계절이 엇바뀌지만
그러나 수용소 그 안에서는
하염없이 함박눈만 펑펑 쏟아지고
몸과 마음 꽁꽁 얼어드는 추운 겨울
지지리도 기나긴 엄동만 있을뿐
영원히 새봄은 오지 않는다

날마다 내모는 지독한 고역에
뼈 빠지게 일하다 지쳐서 쓰러지고
그러면 다시는 일어나지 못하고
우박처럼 떨어지는 무자비한 채찍질에
못배겨 까무러치고 버티다 맞아죽고
그다음 굶어죽고 얼어죽고 병들어 죽고
최후로 탈주하다 끝내 도로 잡혀와

대중 앞에 또 공개총살, 창살, 교수형, 화형
수용소 안에서는 계절에 관계없이
날마다 쌩쌩 매서운 칼바람만 몰아칠뿐
종래로 봄바람이 일지 않는다

이 지구 한끝 북극, 남극이런가
봄이 없는 혹독한 엄동의 련속
그 살을 에이는 무시무시한 칼바람에
얼마나 많고 많은 죄없는 죄인들이
우리의 무고한 백성들 동포들
아까운 생명들이 억울한 령혼들이
봄이 오는 들판을 보지도 못하고
따뜻한 햇볕도 쬐이지 못한 채
무수히 무수히 죽어갔는지 모른다!

한쪽으로 시체가 쌓이고 쌓여
드디어 산을 이루고 바다를 이루고
도무지 헤아릴 수조차 없을 만큼
끝도 없이 죽어나갔음에도 불구하고
또 다른 한쪽으로 오히려 두 배, 세 배로
더 많이 보충되고 넘치게 잡아들여
수용소에 죄인들이 줄기는커녕
이제는 철철철 홍수처럼 범람하는
아, 이 가관, 이 현실, 이 참경 앞에
시인인 나는 할 말을 잃는다…

겨울이 악을 쓰는 황량한 벌판
그 교차선에 나는 홀로 서서
마음의 봄바람이 불어오길 기도하며
묵묵히 다가올 새 봄을 기다린다
그렇다 겨울이 마지막 발악을 하니
이제 봄이 더 멀랴?!
봄은 항상 제일 추운 겨울 뒤에 있으니깐!

이 나라의 죄악이자
인류사상 최대의 비극인 정치범수용소
봄이 없는 정치범수용소엔 희망도 없다
그러나 그 죄악이 이제 극에 달했으니
오히려 희망을 잉태할수도 있지 않는가
여명이 밝아오기전 새벽어둠이 가장 짙듯
정치범수용소가 이 나라 축도인
희망이 없는 죽음의 나라, 절망의 나라
이 나라에도 정녕 봄이 오려는가…?!!!

통일의 문이 열릴 그날까지…

이 나라 백성들을 구하려면
무엇보다 정치를 잘해야 한다!
이 나라 정치를 잘하려면
그토록 많고 많은 억울한 정치범들
다시는 만들지 말아야 한다!
이 나라에서 정치범을 근절하려면
정치범수용소를 모조리 없애야 한다!

그러나,
이 나라의 죄악인 수용소를 없애려면
기세 드높이 혁명이 일어나지 않으면
마침내 자유통일 민주통일
조국통일이 이루어져야 한다!

그런데
참으로 막연한 일--
무엇이라 딱 찍어 말할순 없지만
이 나라에 혁명이 일어나는건
왜서인지 왜서인지 현재로선
어딘가 그 현실성, 가능성이 아주 적어
너무너무 기대하기 어려운 일이고…

그렇다면
남은 길은 오직 단 한 갈래–
지난 세월 우리 모두 눈 빠지게 바라보며
목마르게 기다려온 누구나의 절박한 념원
아직은 멀리 있을지 가까이 있을지 모르지만
그러나 언젠가는 반드시 우리 앞에 닥쳐오고야 말
오로지 그 통일을 기다리는 마지막 길인데
그 길이 과연 지금 어디쯤 와 있을가…

그보다도
아, 이 가슴이 너무너무 답답해
오늘일가 래일일가 분초를 다투며
나날이 꺼져가는 생명의 불꽃
이제는 단 하루도 견디기 힘든
많고 많은 그 무고한 생명들이
통일의 문이 열릴 그날까지 살아남아
드디어 기다려 낼수 있을가…???!

세계가 터치는 함성

정치범수용소에 갇힌 죄인들
삐뚤어진 이 나라 정치에는
눈에 귀에 거슬리는 범인들이나
사실상 그 곳에는 죄인은 없다!

형편없이 잘못하는 이 나라 정치
그것을 비판했던 줏대있는 사람들
전문 그런 '의인' 들만 잡아다가
범인처럼 가두어 넣은 집결소

삐뚠 것을 삐뚤다고 곧게 말한 바른 사람
틀린 것을 틀리다고 맞게 말한 옳은 사람
마디마디 구절구절 진언이고 충언인데
어떻게 그들이 죄인일수 있으랴?

삐뚠 것도 바르다고 떠받드는 아첨꾼
틀린 것도 맞다고 맞장구치는 무능아
그런 간신들만 높은 자리에 올려놓고
제멋대로 펼쳐나가는 이 나라 정치

잡아들인 정치범이 많을수록
정치가 바로잡혀 잘나갈 대신
오히려 정반대로 더욱 망태기
점점 더 기울어지는 나라의 기틀

이 나라 정치에 대재해가 들어
썩고 썩고 또 썩고 썩을대로 푹 - 썩어
그 운명도 가물대는 풍전등화
단박 다 망하게 된 한심한 나라

한심 한심 또 한심하다 못해
나라가 나라답지 못하고
나라가 나라 같지도 아니한
이 세상에 둘도 없는 엉터리 나라

이제라도 정치를 바로 세워
늦게나마 망국을 피하고저 한다면
독재자여 세계가 터치는 정의의 함성
천지를 진감하는 그 외침소리를 들으라!

정치범수용소를 폐쇄하고
정치범은 무조건 모조리 석방하라!
인민들의 인권을 보장하고 자유를 달라!
인민이 잘살도록 개혁을 단행하라!

‘인민군’ 장병들에게

여보게, 인민군 장병들
나는 진실만 말하는 솔직한 사람
내 말을 어디 한 번 들어보게나!
그대들은 ‘인민군’ 이 아니라
제대로 말하면 ‘정일군’ 이지…

인민을 지키는 군대가 아닌
개인을 지키는 사병조직
정일이의 군대이니 ‘정일군’ 이지
지금 당장 그렇게 개명을 해야
사실과 어울리는거 아니겠나?

진짜로 인민을 위한 군대라야
제대로 된 ‘인민군’ 인데
오로지 독재자 단 한 사람
정일이만 위해 존재하는 군대라면
‘정일군’ 이라 불러야 마땅하지

명색은 ‘인민군’ 이면서
인민의 편이 아닌 악마의 켠에 서서

불쌍한 인민들을 억압하다니?
이제부터 총부리를 돌려서
인민의 원쑤인 독재자를 박멸하라!

그런 의로운 장거를 한 날이라야
비로소 진정한 '인민군'
자격 있는 '인민군' 이 되리니
그러나, 지금은 너무도 수치스러워
고개를 떨구고 얼굴을 붉히시라!

인민군 장병들이여
언제면 각성한 그대들이
비로소 제대로 된 이름값을 할가
그대들의 부모형제 인민들
오로지 그런 날만 손꼽아 기다린다

산악같이 모두 다 떨쳐 일어나
간악한 파쑈정권 끝장내고
부모형제 사지에서 구원하는 날
그때라야 해방된 인민들 그대들에게
진실로 '인민군' 이라 불러 주리라…

신권선언

우사칸에 들어가 사람을 찾듯
부림소만 몰아넣은 짐승우리
인간이 없는 수용소에 와서
그 무슨 '인권' 을 꺼내지 말라
여기는 짐승만 숨을 쉴뿐
근본상 인간도 없는데
어떻게 인권이 있으랴?

감옥인 수용소만이 아니다
온 나라 전체가 큰 감옥인 이 땅
이천사백만 원숭이가 갇혀 사는
이 나라 안에도 인권은 없다
'인권' 이란 동물원이 아닌
인간이 사는 곳을 찾아가
그 타령을 불러야 하거니-

보았느냐 '아리랑' 대집단체조
교예하는 원숭이를 잘 길들여
기계처럼 움직이는 사육사 한 분
하지만 그 분도 인간이 아닌 신이라

'신권' 만 있을뿐 '인권' 은 없다
맙소사! 어찌 신성한 신권을
그 잘난 인권에 비하랴!

원숭이는 어디까지나 원숭이들
형태만 사람과 비슷하게 생겼을뿐
절대로 그 무슨 사람이 아닌데
인간도 아닌 원숭이를 놓고서
황당하게 인권을 론하다니?
그래 똥이 핀 네놈들의 눈깔에는
원숭이도 인간으로 보이느냐?

인간이 전혀 없는 곳에 찾아와
'인권타령' 하는 얼빠진 놈들
그것은 위대한 신의 나라
너무너무 신비한 모습을 보고
은근히 배가 아파 시샘이 나서
까닭없이 생트집 걸고 들며
악독하게 무함, 비방, 중상하는 것이다!

다시 한 번 당당하게 선언하노니
평생 일만 시키는 부림소들
교예 잘하는 원숭이는 많지만
인간이 단 한 명도 없는 이 땅에

'신권' 은 있어도 '인권' 은 없나니
이 나라 주권을 존중한다면
다시는 '인권' 을 꺼내지 말라!

그 누가 '인권' 을 구실로
이 나라 주인인 신의 재산
부림소를 빼가고저 궁리하거나
원숭이를 훔으려고 시도한다면
교활하고 탐욕스런 도적놈 심보
음험하기 짝이 없는 날강도 행위
절대로 이루어질수 없나니--

그것이야말로 진짜 위험천만
네놈들이 입버릇처럼 늘쌍 외우는
그까짓 보잘것없는 한낱 인권
하찮은 그것에는 비교조차 안되는
이 나라 '신권' 에 대한 악랄한 도전
신의 나라 주권에 대한 엄중한 도발
결단코 용서치 않으리라!

인간 없는 이 나라에 인권은 말고
신의 나라이니 '신권' 만 외쳐달라
사람 사는 나라마다 인권이 있듯
신이 사는 이 땅에도 '신권' 이 있다

별치도 않은 우스운 인권을
그토록 소중하게 여기는 놈들이
지고무상 '신권' 을 무시하다니?

신만 사는 이 나라에 '신권' 이 아닌
'인권' 들고 찾아온 무식한 놈들
너무나도 억울하고 분하던 차에
마침 잘 만났다 거세게 항의한다!
쓸데없는 인권소리 작작 집어치우고
이 나의 '신권' 을 존중해 달라!!
아니, 존중이 아니라 숭배해 달라!!!

부언: 139페이지 '인민군' 장병들에게

하도 헐벗고 굶주리다 못해 억압받으며 죽어가는 백성들은 늘 상술한 생각을 하곤한다. 더욱이 살길이 완전히 꽉 막혀버린 밑바닥 민초들일수록 겉으로는 감히 그런 말을 입밖에다 까딱 꺼내지도 못하지만, 기실 속으로는 누구나 다 갑자기 어느날 나라의 군대인 인민군들이 들고 일어난 김정일 정권을 뒤엎고 새 세상을 만들엇으면 하는 기대를 가져보곤 한다.
오로지 그 길만이 죽어가는 그들에게 어쩌면 요행 한가닥 살길이 생길수 있는 마지막 희망이기 때문에 막연하게나마 그러한 기적인 〈병변〉이 일어나기를 목마르게 바라지만, 원래부터 감시통제체계가 빈틈이 전혀 없을 정도로 너무나 째이고 엄밀하고 〈과학적〉으로 잘 되어있다보니 사실상 그 바램은 거의 불가능에 가까운 것으로 되고 만다.

신과의 대화

'인권' 이란 두 글자 크게 쓴
청원서를 하늘 높이 추켜들고
천방지축 달려온 운동가에게
이 나라 인간은 아니고
인간을 훨씬 초월한 유일한 신인
위대한 그 분께서 물으신다

"평범한 사람이 더 위대하냐
아니면 초인간적인 신이 더 위대하냐?"
그 물음에 대한 즉답인즉
"당연히 신이 더 위대하지요!"

그 신께서 다시 오금을 박으신다
"그렇다면 어디 한 번 말해보라
'인권' 이 중하냐 '신권' 이 더 중하냐?
더욱이 신만 사는 이 나라
인간이 없으니 그대들 모두 헛수고
'인권문제' 존재조차 안함에랴…"

무식한 운동가들
대번에 말문이 꺽- 막힌다
무엇이라 대꾸하랴 그 위엄에
평범한 인간의 하잘것없는 '인권' 보다
위대한 신의 신성불가침 '신권' 이
아예 비교조차 되지 않게 그 천 배, 만 배로
억수로 무겁고 귀중함은 자명한 일-

과연 신은 신이로다
만물을 꿰뚫으시는 비범한 통찰력
너무너무 예리하고 심오하고 고상해
한낱 미개한 인간인 그들로서는
주제넘게 그 무슨 상대는 고사하고
감히 전혀 범접조차 못하리만치
어마어마 두려운 성신이로다!
어찌 그이를 숭배하지 않을수 있으랴?!

너그럽고 겸손하신 성신께서
무지한 그들을 그다지 탓하지 않으시고
정중하게 한 가지 부탁을 남기신다
"다음번에 오실 때에는
여러분, 신만 사는 이 나라에
쓸모없는 '인권' 이란 두 글자 말고
신비한 이 나라 실정에 맞게

'신권' 이라 더더욱 크게 쓴
청원서를 높이 들고 오십시오
그러면 반드시 대환영입니다…"

신의 론리

인간이 사는 곳에 가서는
'인권' 을 말하고
신이 사는 곳에 가서는
'신권' 을 말하자!

따라서
인간이 살지 않은 곳에서는
'인권' 을 론하지 말고
신만 사는 곳에 와서는
'신권' 만 론하자!

인간이 사는 당신들 나라에서
인간들이 모든 것의 주체니깐
당연히 '인권' 을 얘기해야지
대통령인 당신도 한낱 인간에 불과하니
고작 그러한 인권을 내놓고
다른 무엇을 더 얘기할수 있겠는가
신도 없는 당신들의 나라에서
주제넘게 '신권' 을 론할수는 없는거고…

그러나 인간이 없는 이 나라
신인 내가 모든 것을 주관하고
그러는 나도 결국 인간이 아닌 신
신만 사는 이 나라에 와서는
무엇보다 '신권' 이 보장되어야 하고
반드시 그 '신권' 을 존중해줌이
마땅한 례의가 아니겠는가…?!

인간이 살고 있는 그 나라 '인권'
누구보다 인정하고 존중하며
당신들의 그런 행동 내 지지한다!
인간이 사는 나라 모든 '인권' 은
당연히 철저히 보장되어야 한다!

인간이든 신이든 가장 좋기는
서로간 존중해야 더욱 좋거늘
위대한 신인 나도 겸손하게
우스운 인간을 존중해주는데
오히려 보잘것없는 인간들이
감히 신을 무시하려 든다면
그 얼마나 황당한 일이겠는가…?!

내가 당신들 '인권' 을 존중해주듯
당신들도 내 '신권' 을 존중해 달라!

그것이 최저한의 상식이고
응당한 도리가 아니겠는가…???!

신의 요구

인간이 한 명도 살지 않는
신만 사는 내 나라에 찾아와
허황하게 '인권' 이나 지껄이고
전혀 때와 장소도 가리지 않고
횡설수설 늘여놓는 답답한 놈들

저들이 고작 겨우 인간이니깐
'인권' 이 소중하다 떠들겠지만
그러한 '권리' 를 따지자면
우스운 인권과는 대비도 안되는
신성한 내 '신권' 은 어떻게 할거냐?

인간인 당신들의 청원대로
까짓 '인권' 존중하면 고작이나
'신권' 은 존중하는게 아니라
경건하게 무한히 숭배하는 것
그것이 최저한 례의이고 상식임에랴!

저들이 '동방례의지국' 이라
입으로 맨날 떠드는 쪽발이 나라

그토록 대단한 례국에서 왔다면
최소한의 례의는 지켜야 하거늘
언감생심 주제넘은 망언들인가?

그것도 그저 단순한 꼴불견
자그마한 실례가 아닌 엄청 큰 실태
아니, 실태도 아닌 무도한 범죄
백 번 죽어 천 번 죽어 마땅한 대죄
무엄하기 짝이 없는 짓이로다!

다들 무식해서 지은 죽을죄니깐
너그러운 신인 내가 그걸 감안해
죽을 벌은 사면하여 주겠지만
그 전제로 딱 한 가지만 요구하나니
내 '신권' 도 제대로 숭배해 달라 !!!

인권과 신권

인간은 인간의 권리를 되찾고
신은 신의 권리를 되찾아야지
스스로 마땅히 챙겨야 할 것들
서로 모두 자기들의 정당한 권리
그것만 찾으면 되는거야!

하지만 엄연하게 그 차원이 크게 달라
인간의 권리인 당신들의 '인권' 은
그저 간단 존중이나 받으면 되는거고
신의 권리인 이 나의 '신권' 은
무한히 경건하게 숭배를 받아야지!

사람의 나라에서 왔으니
나도 까짓 당신들을 사람이라 인정하고
내 나라 동물들과 조금은 구별되는
그러한 대우를 해주면 되는거고
그래서 신인 내가 자비로운거야!

그 대신 당신들도 마찬가지야
신만 사는 나라에서 나는 인간이 아닌 신

인간인 당신들 대통령과도 엄연히 구별되는
위대한 신임을 똑바로 인식하고 인정하고
그것부터 제대로 짚고 알고 넘어가야지

무엇보다 이게 우선 핵심이고 관건이야
무식해서 약도 없는 추물인 인간들
가장 중요한 이 한 점을 잘 모르니깐
자꾸만 엉뚱하게 실언만 망발하고
주제넘게 망아지처럼 날뛰는거야!

내 나라는 부림소나 교예원숭이
동물들도 그 리치를 잘 터득해
그러한 실수는 절대로 안하는데
만물의 령장이라 자부하는 인간들
당신들이 짐승보다도 못하다니?

하기야 신이 다스리는 나라이니
동물들도 인간보다 똑똑할 수밖에!
어찌 인간대통령이 다스리는 나라
그런 나라 인간들과 비교할가
그래서 신인 내가 위대한거야!

언제면 당신들도 똑똑해질가
기회를 무한정 끝도 없이 주면서

오래 참고 기다려도 보았지만
인간대통령이 다스리는 나라 사람들
아무래도 도저히 안되겠다
부득불 신인 내가 나서야지

무지한 망아지를 길들이는데
설득보다 몽둥이가 제격이라
내가 만약 너희들을 다스린다면
내 나라 동물들을 길들이듯
사정없이 호되게 두들겨 패며
그 버릇부터 단단히 가르치리라…

신의 유감

인간인 당신들은 '인권'
신인 나는 '신권'
나름대로 그 권리를 주장하며
오래도록 설전을 펼쳐왔지만
결국 가장 억울한건 신인 나야!

하늘에서 편히 살던 성신인 나
중생인 인간과 동물들을 살피고저
어지러운 이 지상에 내려와 살며
한평생 예수처럼 헌신했지만
가장 큰 딱 한 가지 유감이랄가
지금도 갈마드는 섭섭한 생각
그걸 오늘 드디어 털어놓겠어.

여태껏 당신들 '인권' 은 내가 보장
그런대로 존중을 해주었지만
숭배돼야 할 내 '신권' 은 항상 무시
례의바른 내 나라를 제외하고
한심한 바깥나라 세상에서는
언제나 제대로 보장받지 못했지…

맙소사 신성불가침 내 '신권' 을
하찮은 인권과 대등하게 여기고
내 나라에 근본상 존재조차 할수 없는
허황한 '인권' 이나 문제로 삼아
불손한 언사로 함부로 걸고들고
언감생심 무함, 비방, 중상이나 해대고
정말 너무 억울하고 분하였지…

나더러 저런 놈들 다스리라면
아무리 참새같은 수다쟁이도
순식간 찍소리도 못하게 만들거야
자애로운 미소보다 신의 큰 진노
천둥 같은 위엄을 무섭게 보여주며
괘씸한 저 놈들을 벌벌 떨게 만들거야

일 잘 안하는 소같은 놈들은
가차없이 코를 꿰여 끌어내리고
말 잘 안듣는 원숭이같은 놈들은
채찍으로 사정없이 살점을 뜯어
단꺼번에 고분고분 길들여야지
그래야만 내 '신권' 을 공경한다!

그토록 전지전능하신 성신이라
내 능력은 이 땅에 차고 넘치나

하늘아래 나라들을 모두 정복해
내 뜻대로 통치할수 없으니
어이하랴 원통해도 속수무책
이 평생에 제일 큰 유감일 뿐이다…

생존과 인권

'인권' –
여기 사는 사람들
아니, 말할 줄 아는 원숭이들은
그 단어의 뜻조차도 알지 못한다

'인권' –
그런 말이 있는 것조차 모르거니와
생전에 언제 한 번 들어본 적도
입 밖에다 한 마디 꺼내본적도 없다!

왜냐하면 그들은
그저 사람과 비슷하게 생겼을뿐
실제로는 사람이 아니길래
자기와는 아무 상관없는 일
그 무슨 인권을 부르짖을 필요조차
감감 전혀 느끼지 못한다

설사 간혹
그들도 주제넘게 '사람' 이라서
고래고래 외쳐보고 싶다 해도

겁에 질린 두 눈을 두리번
한번 팽글 주위를 둘러보고는
자라처럼 목을 쑥 – 움츠린다

이 아픈 땅에서
단 하루도 살아못본 유치한 당신
도무지 리해가 가지 않는듯
코 막고 답답해하며
고개를 기우뚱 하지만
어이없다 비겁하다 나무람 말라!

어느 날 처지가 뒤바뀌어
그들이 당신이 되고
당신이 그들로 되였을 때
가령 그 누가 당신에게
인권이 먼저냐 생존이 먼저냐
흥미진진 그것을 묻는다면
궁금해라 그때는 어떻게 대답할가 ???

그거야 물어보나 마나
너무나 불 보듯 뻔한 일 –
결코 절대 죽고 싶지 않다면
생존이 먼저라 대답할 것이고
이 세상을 살기 싫은 당신이라면
'인권' 이 먼저라고 대답하겠지…

법도와 전통

한 놈이 죄를 지으면
3대 지어 9대까지 몽땅 잡혀와
가혹한 고역에 시달리며
톡톡히 그 죗값을 치르는
이 나라 이 시대 죄인들

그것도 말 한 마디 실수해도
얼떨결에 큰 죄 짓는 맹랑한 죄인
그리고 어리둥절 끌려오는 그 가족들
죄인의 가족이니 그것도 죄다
그래서 모두가 죄인들이다

일단 이곳에만 들어오면
종신토록 한발작도 나가지 못한다
명이 다해도 여기에만 묻힌다
살아서 수용소 우마가 되고
죽어서도 수용소 귀신이 돼야 한다

헌법에 명시되지 않았고
형법에도 규정하지 않았지만

그보다 백배, 천배 더 우선인 최고지시
수령님 한마디 교시로 집행되는
그것이 엄숙한 이 나라 법도다!

세상에서 누구나 다 우러러보는
제일로 명망 높은 사회주의 '법치국가'
나쁜 놈은 용서없어 그 씨를 말리나니
영원불변 그 법도를 철석같이 지켜감이
대대로 내려온 이 나라 전통이다!

영웅의 자살

수령님 초상 실린 신문종이로
초담배를 말다가 수쇠*를 철컥
수치스러운 죄인이 되고 만
반동적인 나쁜 놈이 있나 하면 --

불이 난 집안에 뛰어들어
엉엉 우는 아들애보다 먼저
수령님, 장군님 초상화를 안고 나온
그런 대단한 영웅인물도 있다

온몸에 험한 화상 입어가며
다시 또 집안에 뛰어들어
아들애를 구하려 하였지만
한발 늦어 랑패를 본 그 사람

아들애는 불에 타서 죽었지만
충성심이 굉장히 높은 동무라고
장군님 던지신 한마디 치하에
전 국민이 다 아는 영웅이 되였다…

하루아침새 영웅이 되었으나
애를 잃은 마누라 행악질에
몇달 후 만신창이 된 그 사람
끝끝내 스스로 목숨을 끊고 말았다….

* 수쇠 (* 수갑)

'아리랑' 대공연을 보면서

'아리랑' 대집단체조 그 공연을 보면
야– 감탄이 련달아 나가면서도
아, 이 마음이 너무나 아프다 쓰리다
그보다 이 가슴이 갈기갈기 찢기면서
저도 몰래 핑– 눈물이 돈다

얼마나 그 독재가 가혹하고 무서우면
한 달 두 달 끊임없이 지친 몸 학대하며
출연하는 십만 명 저 많은 배우들이
무쇠같이 기계처럼 하나로 움직이며
감히 불평 한 마디 못하고 따라만 줄까?

순식간 천변만화 엇바뀌는 무대장막
황홀하게 펼쳐내는 장관인 집단공연
어쩌면 똑마치 말 잘 듣는 교예동물
혹독한 채찍아래 훈련이 잘 돼서
마침내 관중에게 멋진 특기 보여주는
교예하는 큰 한 무리 원숭이 같다

오죽하면 저 어린것들 훈련하다 쓰러지고
공연하며 바지에다 오줌까지 솔솔 쌀까
그래도 하루라도 빠져서는 아니되고
울고 싶어도 단 한번 울지도 못하고
억지로 웃으면서 화려하게 만들어내야 하는
인류사상 류례없는 인권말살 혹사현장

그 비극을 희극으로 흔상하면서
엄지를 꺼내들고 탄성을 지르고
손바닥이 아프도록 박수도 쳐대고
흥분되어 열광하는 관중들속에서
유일하게 피 흘리며 신음하는 한사람
눈물짓는 시인의 무거운 사색은
갑자기 심장을 움켜잡고 쇼크한다…

부언:

기네스북에까지 오른 아리랑 대집단예술체조공연, 무려 10만여 명의 방대한 배우들이 출연하며 전 세계에서 그 어느나라에서도 할 수 없고 오직 조선에서만이 그것이 가능하고 빈틈없이 잘 해낼 수 있다는 초대형공연- 겉으로는 입이 딱-벌어지면서 련달아 감탄이 야-야- 나갈 정도로 정말 장관이고 웅대하고 화려함의 극치고 보이지만, 그 한두시간의 황홀한 무대를 펼쳐내기 위해 뒤에서 보이지 않게 흘려야 하는 수많은 출연배우들의 피눈물의 대가는 한입으로 이루 다 말할수가 없다. 더욱이 공연 몇달전부터는 학생들도 학업을 전부 중단하고 밤늦게까지 본격적인 집중전문훈련에 돌입해야 하는데 훈련기간 누구나 꼼짝못하고 그 자리조차 뜰수 없도록 규정하다보니 련습장 주변은 그야말로 오줌냄새와 대변냄새로 진동한다. 정식공연때는 물론 집중훈련때에도 배고픔과 대,소변을 참아가며 도정신하여 출연하여야 하는데 그로 인해 방광염에 걸린 애들이 수두룩함은 물론 훈련장에서 까무러치거나 졸도하는 일이 무시로 발생하고 심지어 죽는 일까지도 생긴다.

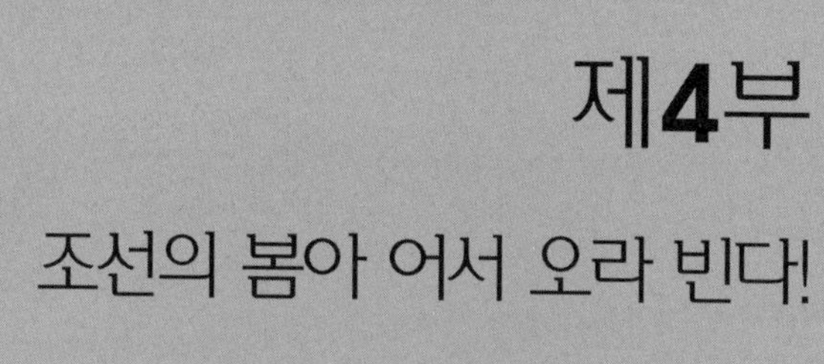

제4부

조선의 봄아 어서 오라 빈다!

이 같은 백성, 서캐 같은 아이들

이나 서캐처럼 취급당하는
이 나라 백성들과 그 아이들
머리카락 한대도 남지 않은
빡빡 깍은 대머리에 이는 고사
서캐 한 알도 살수 없듯이
하루 세끼 밥으로 나무를 찾아
그 껍질 벗겨 먹는 민초들
민둥산에 밥이 없어 굶어죽더니
땔감까지 사라져 겨울을 어찌 나랴?

민둥산이 아니면 텅- 빈 들
그 속을 허위허위 헤매는 백성들
머리에서 몸에 옷에 옮겨 붙은
귀찮은 이나 서캐를 대하듯
걸식하는 그들이 시끄러워
어서 빨리 뒈지기를 바라며
쌀은커녕 불쏘시개도 안내주고
오히려 더더욱 사지에로 내모는
천하에 심술궂기 짝없는 간부놈들

온 몸이 귀찮고 근질거려서
입은 옷을 홀딱 벗어 잡다못해
에라 어디 모조리 죽어봐라
엄동에 떵떵 어는 바깥에다 내놓으면
톡톡 튀며 터지는 이나 서캐처럼
겨울이면 불 없는 오막살이 얼음랭돌
설사 요행 굶어죽지 아니한다 해도
이번에는 아사(餓死)말고 동사(凍死)
생뚱같이 또다시 얼어 죽어야 하는 백성

그 백성들이 어찌 이가 아니며
그 아이들이 어찌 서캐가 아니랴
그 이나 서캐를 거느린 주인만 귀하고
나머지는 죄다 청승궂은 존재들이라
그래서 간부놈이 걸레마냥 천시하는
이나 서캐같이 하찮은 백성들
죽지 못해 겨우겨우 붙어사는 그들을
학대하고 수탈하고 잡아가고 죽이고
지지리도 더더욱 못살게 구는 세상

오, 배때기 불룩 나온 간부놈들아
이나 서캐 더럽다고 몸서리치기전
대가리를 기웃하고 생각해보라
너의 몸에 이나 서캐 왜 생겼노?

날마다 시커먼 제 리속만 채우느라
정신없어 목욕할 시간조차 미처 없어
머리도 감지 않고 몸도 전혀 씻지 않고
굉장히도 악취나는 네놈들의 몸뚱아리
그 때문에 생겨난 것 아니더뇨?

에라, 이나 서캐보다 더 더러운 놈들
나라건사 백성건사 하나 제대로 못하는
세상에서 제일제일 메스껍고 치졸한
똥덩이같은 간부놈들 목덜미 덥석 쥐여
변소간 똥물창에 콱- 처넣거나
다시는 백성 앞에서 거드름 피우거나
도끼눈을 해가지고 호령하지 못하게
저-기 화장로에 얼른 갖다 집어넣어
활활활 불태워버릴가보다 백성속이 다 시원하게…

참빗과 이의 이야기

이 같은 한집안 백성 세 식구
빡빡 깍은 대머리 민둥산에서
도무지 살아남을 수가 없어서
마을과 아득하게 동떨어진
깊고 험한 산속에 찾아 들어가
남몰래 숨어서 살고 있었다

이는 대머리보다 머리칼 속에
그 속에 숨으면 살기가 쉬워
인가가 하나도 없는 원시림에서
세상과 완전히 담을 쌓고
수만 년전 원시사회로 되돌아가
다시금 원시인이 되어 버렸다

봄이면 산나물을 캐어 먹고
여름이면 버섯이랑 찾아 먹고
가을이면 열매를 따서 먹고
겨울이면 산짐승도 잡아먹으며
민둥산 아래 마을 살 때보다
훨씬 더욱 유족하게 살고 있었다

이 같은 한집안 백성 세 식구
산속에다 오두막을 지어놓고
뙈기밭도 일구어 심어 먹고
원시림엔 또 흔한게 땔나무라
겨울에도 얼어 죽을 걱정이 없어
만족하게 행복하게 살고 있었다

지옥을 떠나 천국에 온 기분
굶어죽고 얼어 죽는 세상과 달리
그야말로 별유천지 지상락원
영원히 그 속에서 살고 싶었는데
어이하랴 참빗같은 간부놈들
그 등살에 배겨낼수 없음에랴!

전문 외딴 수림에 숨어 사는
이 같은 백성들을 잡으려고
참빗이 된 보위부 간부놈들
산속을 모조리 샅샅이 훑다가
무정한 그 참빗질에 이 세 마리
끝끝내 빗겨 나오고 말았다…

또다시 원래 살던 유령마을
민둥산 아래 그 동네로 되돌아가
삼엄한 특별감시 받고 살면서

쫓겨난 그 산속을 그리워하다
드디어 이 같은 백성 세 사람
굶어죽고 얼어 죽고 말았다…

부언:

상술한 사건은 결코 꾸며낸 이야기거나 먼- 구석기 시대에나 있었던 일을 스페셜 삼아 전하는 전설옛말이 아니라 20세기 말엽 조선에 실제 있었던 사실이다. 밤만 자고나면 주변 숱한 사람들이 날마다 무더기로 굶어죽고 얼어 죽는 끔찍한 사태가 련달아 터지는 것을 보고 정신이 번쩍 든 한 집의 살아남은 가족 세 식구가 이제는 어떻게 할가 마지막 살길을 의논한 끝에 드디어 어느날 밤 남몰래 짐을 챙겨 가지고 인적이 없는 기피은 원시산림속에 찾아 들어가 숨어살게 되었다. 세상과 완전히 담을 쌓고 몇년을 잘 살았지만 어느날 수색, 단속에 걸려 하는 수 없이 또다시 원래 살던 마을로 되돌아오게 되었는데 당연히 이번에는 감시도 더 심해졌고 모든 원근출입 자유마저 깡그리 박탈당하다 보니 얼마 안되어 세 식구 모두 굶어죽고 말았다.

'애국간부'

가득이나 피폐한 궁한 살림
서발막대 휘둘러도 거칠게 없는
아무것도 없는 내 집에 찾아와
쌀을 내라 천을 내라 돈을 내라
자꾸만 못살게 달달달 들볶으며
날마다 내라는 것도 많더니만 -

참 희한한 별꼴을 다 보겠네
집집마다 다 잡아먹은 가축
돼지똥, 개똥, 닭똥이 없으니깐
뭐? 이번에는 나라의 밭에다 낼
비료대용으로 제일 좋은 밑거름인 인분
왜- 사람의 똥을 내라나?

그것도 그 무슨 '거름무지는 쌀무지'
'쌀로써 조국을 받드는 애국농민이 되자' 고
사상각오 드높이 무조건 임무완성!
못하면 총화때 대중 앞에 나아가
머리 푹 - 떨구고 비판받는건 약과이고
그러고도 돈으로 계산해
그 벌금을 두 배씩이나 물린다나?

에참, 풀뿌리도 없어
날마다 세끼 배를 촐촐 굶아
앞배살이 뒤잔등에 가 찰싹 붙었는데
먹지 못해 텅- 빈 내 배속에
언제 무슨 나올 똥이 있다고
그것도 인구당 한 수레씩이나
똥을 싸서 바치라고 야단을 치나?

그런데 가만 있자 찬찬히 보니
똥을 내라 우리를 못살게 구는
배때기 불룩 나온 저 간부놈들
야 참, 옳지 바로 그래!
아무리 찬찬히 다시 보아도
네놈들 배속에 똥이 제일 많으렷다!

산같이 우뚝 솟은 그 뱃속에
꽉- 찬 것이 틀림없이 똥이렷다?
황금이 들어있을리는 만무한거고
도살장에 돼지를 엎어놓고 멱을 따듯
네놈들 배때기우에 널판자를 올려놓고
백성들이 달려들어 국수 누르듯 꾹 누르면
대번에 온 나라 밭에다 넉넉히 낼 거름산
희한한 똥폭포가 쏟아지겠구나!

이제 보니 풍년든 논벌의 옥백미
돼지처럼 저혼자 다 걷어가고
요행 감춘 백성들의 한줌 강냉이
그마저도 다 빼앗아 잘 처먹어서
남산처럼 배가 나온 네놈들이야말로
질좋은 똥비료를 무진장 생산해낼수 있는
이 세상에서 제일 좋은 똥생산기계 - -

먹지 못해 꼬르륵 소리가 나는
허기진 백성들 홀쭉한 배에서
나오지도 않는 강짜똥을 낑낑낑
갑잘라 싸내라고 자꾸만 조르지 말고
굉장한 똥생산기계인 뚱뚱한 간부놈들
네놈들을 열줄 아니, 백줄 천줄로 쭉-
쭈크려 앉혀놓고 와당퉁탕 탕탕탕
단꺼번에 가관인 똥폭포를 쏟아내렴아!
똥 못누는 백성들 근심이 덜어지게…

그러고도 혹시 조금 모자란다면
죽은 돼지 배때기 쩍- 가르듯
푸줏간 칼을 가져다 네놈들 배를 갈라
그 잘 처먹은 표징인 기름진 고급똥
논밭에다 샅샅이 털어 내놓으렴!
네놈들도 그럼 이제 뒈져서라도 큰 영광
'똥으로 당을 받드는 애국간부' 가 될게다!

똥도적작전

붙었다 붙었다
왝— 똥경쟁이 붙었다!
그것도 '거름무지는 쌀무지'
번듯한 표어까지 높직이 걸어놓고
세상에서 제일 좋은 거름인 인분
사람똥을 모으기 위해
세상에서 제일 희한한 경쟁
사람똥경쟁을 시킨다 왝— 왝—

백성들것이면 쌀과 천은 물론
이제는 마지막 밑구멍까지
혀로 날름 반반이 핥아내야
성이 차고 한시름 놓는 간부놈들
그 놈들이 대가리를 쥐여 짜서
한겨울 농민들에게 붙여놓은
흥미진진 재미나고 치렬한* 경쟁놀이

똥 바칠 걱정에 경쟁까지 하느라
백성들은 여념이 하나도 없는데
똥을 받아 검사하는 여유작작 간부놈들

저마다 상판을 찡그리며 왝- 왝-
그 경쟁을 바로 제 놈들이 시켜놓고
메스껍다 코 싸쥐면 어떻게 하나?
고약하기 짝이 없는 괘씸한 나쁜놈들!

그런데, 이거 크게 야단났군!
인구당 작은 수레 한 수레씩이라
맡은 임무 '결사관철' 을 위해
먹지 못해 나올 똥이 없는 백성들
전문 제 집 변소간은 제쳐놓고
밤이면 습격하는 간부집 변소
날도적 똥도적이 생겼음에랴?!

똥도적 백성들 때문에
분명하게 제일 잘 처먹어서
제일 많이 똥을 쌌음에도 불구하고
오히려 제 놈들이 임무를 완수 못해
억울하다 꽥꽥꽥 고아대며
검을락 푸르락 붉으락
낯짝이 돼지간이 된 간부놈들

흣- ! 아무리 그래봐야
제가 눈 똥을 제깟놈이 알아볼수 있나?
벙어리 랭가슴 앓듯 속으로 끙끙끙

잃어버린 똥을 되찾지도 못하고
우거지상 개판이 되였으니
아이고, 깨고소해 잘코사니야!

제가 놓은 착고에 제 놈이 걸리듯
제 놈들이 내어놓은 규정대로
대중 앞에 나서서 공손히 반성하고
벌금액을 두 배씩이나 갖다 바치는
너무너무 통쾌했던 백성들의 똥도적작전
지금도 생각하면 속이 다 후련하다-!!!

'왕' 의 나라

조그마한 이 나라엔
'왕' 들이 참으로 많기도 하다

큰 간부놈 작은 간부놈 할 것 없이
아무튼 간부란 간부놈은 다 나서서
가득이나 바위 밑에 꾹 - 눌리워
사래기도 못 펴고 살아가는
어리숙한 백성들 머리 위에
저마다 제왕인양 군림하며
'왕' 의 노릇을 하자고 드니…

게다가 쥐꼬리만한 권리를 가진
간부 같지도 않은 부기원놈마저
자기도 간부인양 우둘렁
큰 간부놈 행세를 해대며
역시 '왕' 노릇 하자고 드니
이거야 원, 힘없고 약한 백성들
어떻게 고개를 쳐들고 살아가랴?

여기도 '왕', 저기도 '왕'
큰 '왕', 작은 '왕'
온 나라 어디가나 다 있는 '왕'
'왕' 들이 너무 많아
백성들의 허리는 하루 종일
구십도로 황송스레 굽혀야 하고
입은 항상 침을 발라가며
하늘높이 '왕' 들을 개여올려야 하고…

그토록 정중히 왕대접을 해주면
혹시 그 '왕' 이 성은을 베풀어
백성이 집에 돌아갈 때
구들에서 허기져 쓰러진 채
거의 죽어나가는 식구를 살릴
썩은 쌀 한줌이라도 주겠나 싶어
큰 기대를 걸고 꾹 – 참고 견디지만 –

어림도 없는 꿈같은 소리
아무리 황제처럼 높이 모셔봐야
상갓집 개마냥 천대만 당하고
쥐불알 개똥도 차려지지 않으니
에라, 젖 먹던 밸까지 울뚝 꼴리는
치사한 밑바닥 이 '천민' 노릇
정말이지 이제 더는 죽어도 못해먹겠다!

오히려 제사 내 돈을 빼앗고도
도끼눈 해가지고 호통만 치는
'왕' 질하는 간부놈 대갈통
방망이로 호되게 두들겨 까고
홱- 돌아서서 뛰쳐나와
'활빈당' 홍길동이나 찾아가서
천하를 구제하는 의적이 될까 보다…

인민간부놈들에게

'모든 것은 인민을 위하여'
'인민을 위하여 복무함!'
세상에서 더없이 듣기 좋은 말
구호까지 그럴 듯 만들어놓고
순진한 인민들을 구슬리고
날마다 기편하는 사기꾼놈들!

여태껏 간악한 네놈들이
단 한 번이라도 인민을 위하고
인민에게 복무한적 있었더냐?
항상 말만 번지르르 떠벌여놓고
행동은 전문 그 거꾸로만 해대는
개구리같이 심술궂은 고약한 놈들!

개구리는 그래도 엄마가 죽고 나서
늦게나마 후회하며 가슴을 치고
눈물이라도 주르르 흘렸지만
네놈들 등쌀에 인민이 죽으면
언제 한번 가슴을 치며 후회하고
콧물이라도 흘린 적 있었더냐?

모든 것은 죄다 제놈들을 위해
제놈들에게 복무하기 위하여
인민을 말할 줄 아는 부림소
뼈빠지게 일만 하게 코를 꿰놓고
겉으로는 아닌 보살 시치미 뚝-
교활하기 짝이 없는 철면피한 놈!

네놈들을 행복하게 하기 위해
인민들은 끝없이 불행해지고
네놈들의 배가 불룩 나오기 위해
인민들은 앙상하게 뼈만 남고
여태껏 그렇게 제놈들 배만 채우고
앞으로도 그리할 것 뻔하지 않냐?

네놈들의 얄팍한 알량수
이제는 눈을 감고도 알수 있다
네놈들의 시커먼 도적놈심보
유리컵을 들여다보듯 빤히 보인다
네놈들이 하고 사는 모든 짓거리
하나같이 강도짓이 분명함에랴!

이제는 그만해라 걷어치우라
이제 더는 네놈들에게 속지 않는다
그 옛날에 일본놈을 때려엎듯

꽉지 들고 망치 메고 들고 일어나
캄캄한 네놈들 세상을 뒤엎고
백성들의 새 세상을 만들리라!

간부놈들 계속 더 썩거라

이 세상의 까마귀 다 새까맣듯
간부놈이 하고 사는 짓거리들
하나도 착하고 좋은 일이 없음에랴
얼렁뚱땅 가련한 백성들만 등쳐먹는 –

그놈들을 가만히 놔두고서야
백성들 언제 기를 펴고 살랴?
족제비를 잡아치우지 않으면
닭들이 단 하루도 편할 날 없듯

그놈들을 제거하지 않고서야
국고안의 돈이 어찌 바닥나지 않으랴?
쌀창고의 쥐들을 모조리 소멸해야
뒤주속 쌀이 더는 축나지 않듯

나라 돈을 그놈들이 다 떼처먹어서
금고가 텅 비니깐 죽어나는건 백성뿐
또다시 백성에게 돈을 내라 들볶으며
수탈에 혈안이 되여 날뛰는 간부놈들

나라나 백성에게 해만 끼칠뿐
꼬물만큼도 도움이 되지 않는
저런 폐물, 쓰레기, 날강도, 도적놈
족제비, 쥐 같은 잡아 죽여야 할 놈들!

아무짝에도 쓸모없는 무용지물
썩을 대로 푹- 썩은 저런 놈들이
기둥으로 나라를 떠받치고 있으니
그 나라가 어찌 위태롭지 않으랴?

옳지 그래 계속 조금만 더 썩거라
조금만 더 썩으면 우지끈 쾅 -!
드디어 나라 벽이 기우뚱 기울다가
순식간 무너지며 그 지붕도 와그르르

그러면 간부놈들 모조리 깔려 죽고
그 폐허위에 백성들이 우뚝 서리니
그런 날이 제발 어서 와라, 더 빨리 오게
간부놈들 더더욱 푹- 계속 더 썩거라…

풍선백성

팅팅 부은 다음
폴-싹 했다가
찰싹 붙어버렸다!

밥 없는 이 나라
굶주리는 이 나라
먹지 못해 팅팅 부은
풍선처럼 가벼운
풍선같은 풍선백성
물만 먹어 팅팅팅

입김으로 한껏 푸-
팅팅 불군 풍선처럼
얼굴 팅팅 다리 팅팅
배도 팅팅 부었다가
그다음 폴-싹
바람 빠진 풍선처럼
앞배 살이 뒤잔등에 가
찰싹 붙어버렸다…

슬픈 산의 통보

산이란 산의 나무란 나무는
빈궁한 백성들이 달려들어
굶어죽지 않고자
그 껍질을 밥으로 다 벗겨 먹고
얼어 죽지 않고자
그 대까지 땔감으로 다 잘라 때서
산들에는 나무가 한대도 없다
모두가 벌거벗은 민둥산

이 나라
민초들의 가련한 목숨이
그 산의 나무들에 달려있으매
그들의 큰 의지가 되였던 선산
그 산에 나무가 모조리 사라져
백성에게 먹을 밥이 바닥나고
엄동을 날 따뜻한 불이 없어져
완전히 숨통이 막혀버렸다

지금은
백성보다 더 가난해진 폐산

아무것도 남지 않은 빈털터리
홀딱 벗은 알몸뚱이 드러내놓고
슬픈 산이 침울하게 말한다
이제 더는 자기를 믿지 말라고
이제는 꼼짝없이 굶어죽고
얼어죽게 되었음을 통보한다…

죽음의 행군

지금도
이 나라 산과 들에 가보면
'고난의 행군' 이 보인다

'고난의 행군' 그 시절
우리는 너무도 배가 고파
산을 깡그리 벗겨 먹고
들을 샅샅이 훑어 먹고
그러고도 먹을 것이 없어서
굶어죽은 사람까지 먹어야 했다!

지금도
이 나라 산과 들에 가보면
산은 산마다 민둥산
들은 들마다 황폐한 들
산소엔 즐비한 무덤들
그것이 그 시절을 증명한다

자연재해가 아닌 정치재해로
날마다 무더기로 배를 붙안고

수백만이 굶어죽은 력사현장
독재자 단 한사람을 위해
나라에서 거침없이 감행한
인류사상 류례없는 인간대학살 –

그 아픈 기억이 떠오르면
통이 큰 장군님은 그저 한마디
'고난의 행군' 이라 가볍게 넘기지만
침통한 우리는 너무도 무거워
고난 아닌 '죽음의 행군' 이였다
가슴을 쾅쾅 치며 통곡한다…

고난 찾아 삼만리…

장군님 인민에게 하신 말씀
"고난의 천리를 가면
행복의 만리가 온다!"

하지만 인민들은 의문한다
고난의 천리가 아니라
언녕 장장 만리도 더 왔는데
왜 아직도 그 고난이 끝나지 않을까
오히려 점점 더 큰 고난만 계속될까 ???

똑똑해진 인민들은 생각한다
"고난의 천리를 가고 나면
행복의 만리가 아니라
더욱 큰 고난의 삼만리가 온다!"

그래서
인민들 허리띠 졸라매고
오늘도 계속하는 고난의 강행군
고난 찾아 허위허위 삼만리…

눈물매대

이 세상 어디서도 볼 수 없고
오로지 조선에만 있을 매대
옛날에는 보지도 듣지도 못했지만
최근에야 길옆에 새로 생겨난
희한한 매대인 '눈물매대'

무엇이든 들고 나와 파는 사람
도저히 눈물 없인 팔수가 없고
사든 말든 그 앞을 지나는 행인들도
눈물이 없이는 지나칠수 없다 해서
누군가 지었다는 그 이름 '눈물매대'

최후로 남은 마지막 집재산인
낡은 그릇, 숟가락, 헌옷이랑 내놓고
눈물로 사달라고 애원하는 할머니들
나무 한 단, 검불 몇 줌 주어 와서
더 눈물로 사라고 하소하는 아이들

너무나도 빈궁한 살림살이
집안에 툭툭 털면 먼지뿐이라

이제는 부득불 마지막 장사
꼭두새벽 강에 가서 물을 길어다
지나가는 세수 못한 손님에게
세숫물 떠서 팔며 눈물짓는 아줌마들

아무리 초라한 장사라도
온 집식구 목숨이 달려있으매
실낱같은 한 가닥 마지막 희망의 끈
그 끈이라도 절대로 놓칠수가 없어
아등바등 아글타글 애를 쓰며
장사에 여념없는 밑바닥 민초들

어쩌다 사는 사람 파는 사람
저절로 흐르는 흐릿한 눈물
하루 종일 샘솟는 눈물이라
눈물매대 눈물은 마를줄을 모른다…

눈물값

하루 종일 눈물매대에 서서
입김으로 손을 호호 불고
초조하게 발을 동동 구르면서
그래도 오늘은 행여나 하고
눈빠지게 사갈 사람 기다리는
삶에 절고 지쳐버린 백성들

집 구들에 오롱조롱 널려있는
입을 가진 굶주린 식구들 걱정
어떻허나 한 푼이라도 돈 벌 욕심
안타까운 절박감과 그 핍박에
오늘도 무겁게 뗀 힘든 발걸음
너도 나도 싸구려를 외친다

팔려고 갖고 나온 물건이라야
던져버려도 누구도 안가질 잡동사니
그까짓거 도대체 몇 푼이나 가고
그보다도 구경 누가 사간다고
팔리지도 않는 초라한 매대에
못박힌듯 우두커니 울며 서있나?

어쩌다가 마음 좋은 착한 사람
보다못해 다가와 사주면서 하는 말
당신의 물건이 욕심나서 아니라
울고 있는 모양이 너무도 애처로와
차라리 그 눈물을 사주는 것이니
물건값 아니라 눈물값인줄 그리 알라!

그리고는 –
얼마 안되는 적은 돈이지만
요긴한 이 돈으로 어서 집에 가
여러 날을 굶고 있을 식구들한테
풀죽이나 한끼 쑤어 먹이라고
울면서 재촉하며 등을 떠민다…

눈물장사

눈물매대 앞에서
하루 종일
눈물을 판다

파는 것도 눈물
사는 것도 눈물

이 나라 백성들
가진게 눈물밖에 없어
주는 것도 눈물
받는 것도 눈물

오고 가는건
언제 봐도 흐릿한 눈물
누구나 목이 꽉– 메이는
샘 솟듯 북받치는 뜨거운 눈물

그러니 결국
눈물매대 앞에서
눈물장사를 한다…

헷갈리는 동정

언제부터인가
살아나갈 길이 막막하다 못해
완전히 꽉– 막혀버려
더는 다른 길이 없는 밑바닥 백성들

그래도 산 사람 입에다가
거미줄은 칠수가 없으니
빌어먹든 혹은 무슨 장사를 해서든
어떻게든 먹고는 살아야 하고…

생각다 못해
풀죽을 쓸 푼돈이라도 손에 쥘가
집안의 잡동사니 꿍져가지고
장마당에 팔러 나온 사람들

너무 꼬박 여러 날 굶어서인지
이제는 허기져 소리칠 기력도 없어
대부분 종이에다 글로 써서
사람들이 보라고 땅에다 펴놓는다

적힌 사연 하나하나가 들여다보면
무지무지 딱하고 가슴 아프나
이 나라에 그런 일들 너무 많아
쓴 사람 보는 사람 감각도 없어졌다!

누구나 다 씻은듯이 빈궁한 백성들
가슴속에 꼴똑* 찬 곪고 곪은 피고름　(* 가득)
그래서 눈물매대에 나오면 자꾸 헷갈려
누가 누굴 동정해야 될지 알수가 없다…

*꼴똑 – 가득

눈물이 황금보다 비싸다면

차라리
눈물이 황금보다 비싸다면
이 지구에서
대번에 제일 잘 살 우리나라 -

말로만 헛것으로 외치던
강성대국 건설도
진짜 단박 코앞에서 실현되고

그보다도
통이 크게 듬뿍듬뿍 눈물무역
순식간 이 나라 인민들
누구나 다 맞을 돈벼락
벼락횡재 억부자가 되련만…

이 세상에서
가장 눈물이 많은 내 나라
백성들의 가슴에서 철철철
홍수처럼 바다처럼 넘쳐나는
그 비싼 귀한 눈물 사주실 분
정녕, 어디, 없으세요… ???!

요즘 백성, 요즘 세상

요즈음 백성들은 다 도적놈
그런데 도적질할 밥이라도 있어야
도적질 좀 하지…

요즈음 백성들은 다 날강도
그런데 빼앗을 쌀이라도 있어야
강도질 좀 하지…

그렇게 부득불 요즘 백성들
때때로 도적질 강도질 좀 나서보지만
어디서나 무엇이나 신통치 않아
진짜 도적, 강도는 성사도 못하고
한 무리 열 무리 비렁뱅이만 늘어난다

그래서
요즈음 백성들은 다 비렁뱅이
하지만 빌어먹을 죽이라도 있어야
비럭질 좀 하지…

씻은 듯이 빈궁한 이 나라
아무것도 없으니깐 비락질도 못해서
동서남북 산지사방 굶어 죽어서
요즘 세상은 어데 가나 온통 거지들 주검
그 시체가 즐비하게 길에 널렸다…

최후의 외침

밥이 없어 굶어죽는 백성에게
밥을 주지 못해도
자유라도 아주 조금 주었다면
절대로 죽지를 않을 것을!

굶주린 이 나라 백성에게
밥도 주지 아니하고
자유마저 모조리 빼앗으니
옴짝달싹 못하고 죽어갈뿐

앉아 죽는 밑바닥 민초들
목터지게 부르짖는 최후의 외침
우리에게 밥 아니면 마지막 자유
하다못해 자유라도 어서 달라!

여기저기 이동할수 있는 자유
누구나 장사할수 있는 자유
황무지 개간할수 있는 자유
목숨을 부지할수 있는 자유

너무나도 뻔하지 않는가
소중하고 꼭 필요한 밥과 자유
이것도 저것도 다 못주면
남은 길은 단 한길 오직 죽음 -

이래저래 어차피 죽을 바엔
철쇄를 부수고 들고 일떠나
천인공노 파쇼정권 끝장내고
백성들의 새 세상을 만들자 !!!

불

너무나도 설음 많은 그 슬픔에
날마다 울고 울고 또 울어서
샘솟듯 솟구치던 백성의 눈물

그렇게 긴긴 세월 울다 못해
드디어 그 눈물도 말라붙어
이제는 더 나오지도 않는 샘줄기

메말라 쩍-쩍- 금이 실린
가뭄 든 한가위 강바닥처럼
백성들의 갈라터진 그 원한 가슴 -

그 가슴을 깊이 파서 헤치면
거기에는 인젠 물이 아니라 불
이글이글 시뻘건 불이 나온다…

새 벽

밤이 길면 길수록
새벽이 가까이 있음을 안다

조선의 밤은
너무 길다…

지지리도 긴긴 밤
칠흑같이 캄캄한 자정 야밤
깊은 잠에 곯아떨어진 백성들
비몽사몽 악몽 속을 헤매다도

'꼬끼오--!' 수탉이 울면
드디어 농부들 잠에서 깨여
희붐히 밝아오는 창밖을 보며
호미 메고 꽉지 들고 집밖을 나선다…

조선의 새 봄

추운 겨울 깊어가면 갈수록
단박 봄이 그리 멀지 않음을 시사한다

그 혹한이 뼛속까지 스밀수록
따뜻한 봄이 오고 있음을 감촉한다

엄동이 왔으니 이제 봄이 더 멀랴?
봄은 항상 제일 추운 겨울 뒤에 있으니깐!

바야흐로
각일각
조선의 새 봄이 다가오고 있다…

봄기운

윙– 윙–
눈보라가 기승스레 휘몰아치며
겨울이 마지막 발악을 한다!

하지만
아무리 최후발악 용을 쓴들
막무가내 우거지상 무슨 소용 있으랴?

옆구리 뒷골목
멀지 않는 주변 팔방
보이지 않는 신비한 그 곳에서
슬그머니 다가오며 태동하는 봄의 맥박

칼바람에 오싹 으슬 너털어도
때는 이제 다 가는 막겨울
초봄이 시작된다는 청신호–

아아, 새봄이다!
벌써부터 훈훈한 봄기운이 느껴진다…

조선의 봄

박달나무 떵-떵- 얼어 터지고
여우도 찔-찔- 눈물을 쥐어짜는
조선은 지금 혹독한 겨울
지지리도 기나긴 엄동만 지속되는
너무나 황량하고 거칠은 추운 계절

위도가 북쪽에 있어
아세아 여러 나라들 가운데서도
러시아 씨베리아횡단대륙을 내놓고
조선은 원래부터 겨울이 제일 긴 나라
그러니, 길다고 나무람 말아

하지만 -
아무리 엄동이 길더라도
사계절이 엇바뀌는 자연의 법칙
그 겨울은 반드시 지나가고
조선의 봄은 조만간 오고야 만다!

그 봄을 기다려
앙상한 겨울나무아래 나는 서있다

뼛속까지 한기가 침습하여
내 몸은 지금 오싹 떨리지만
마음은 오히려 더더욱 든든하다

반짝이는 내 눈은 희망 가득 저 앞을 본다
내 눈에는 아지랑이 피어오르는 들판이 보인다
내 눈에는 진달래꽃 만발한 동산이 보인다
내 눈에는 나물캐는 처녀들이 노래하는 언덕이 보인다
그속에서 꼬까옷 입고 춤추는 어린 동생들 손을 잡고
방실 웃는 발가우리 홍조비낀 내 얼굴도 보인다…

아, 어찌 선히 보이지 않으랴?
바야흐로 아장아장 다가오는 아가씨의 봄
약동하는 태동하는 설레이는 행복의 봄
갈망에 불타는 내 눈동자엔 분명히
아름다운 그 모든것들이 똑똑히 보인다
아아아, 봄이다 봄 봄 봄… !!!

조선의 봄아 어서 오라 빈다!

아무리 기다려도 오지 않는 봄
너무 오래 애타게 기다리다
속이 타서 구새먹은 가슴들
조선의 봄아 오라 제발 빈-다!

목메여 너를 봄을 부르다가
쓸쓸하게 먼저 간 이 그 뉘이며
오늘도 하염없이 기다려 섰다
망부석이 된 이 또 얼마더뇨?

너를 그려 흘린 눈물 장마 홍수
동해 서해 바다를 이루나니
대동강물 한강물 다 합쳐도 모자란다
압록강수 두만강수 철철철 넘쳐난다

목빠지게 기다리다 지친 사람
눈빠지게 고대하다 죽는 사람
너를 더는 기다리지 못하고
명이 짜른 이 나라 민초들
하나, 둘씩 날마다 다 죽어간다

이 나라 백성들 울리지 말고
봄아 어서 오라 제발 빈-다!
그렇게 하루라도 더 빨리 와서
백성들 얼굴에서 줄줄줄 흐르는
뜨거운 눈물을 닦아주렴아!

흐르고 흐르고 억수로 흐르다
그 눈물도 다 말라 더 나오지 않을 때
그때서야 약속한 봄아 굼벵이봄아
너는 정녕 보이지 않는 뒷골목으로
슬그머니 뒤늦게 찾아들거냐?!

너를 기다려
오직 너를 피타게 기다려
이천만하고도 또 사백만 우리동포
이 나라 북녘에서 울고 있다…

불에 탄 거칠은 숯언덕
피멍이 든 랑자한 가슴가슴에
새싹처럼 움트는 소생의 봄
민주화의 봄 자유의 봄
마지막 희망인 구원의 통일의 봄
조선의 봄아 어서 오라 빈-다 !!!

이 시집을 읽고 1

그녀의 시를 읽으면 북한에 대한 명쾌한 답이 보인다

류근일 / 언론인, 조선일보 주필 역임

백이무 시인의 시는 시이기 전에 절규다.

고발이고 언론이고 현장 르포, 그리고 레지스탕스다.

그녀가 살았던 세상은 두 종류의 존재로 구성되어 있다. 우상 신과 비인간화 된 인간이 그것이다. 비인간화 된 인간이란 다름 아닌 정치범수용소의 수인(囚人)들이다. 그나마 하늘을 볼 수 있는 수인들은 진짜 수인들의 무고한 가족들이다. 진짜 수인은 하늘이 보이지 않는 땅속 감방의 '뼈 있는 지렁이' 다.

그녀는 이들, 인간됨을 박제당한 존재들을 위해 시를 쓴다. 그녀의 시를 읽으면 북한을 어떤 사회로 규정할 것인가에 대한 명쾌한 답이 보인다. 북한은 사회과학적 설명의 대상이 아니라, 괴기한 호러(horror) 문학의 소재라는 사실이다.

사회주의, 공산주의? 좌파 이데올로기? 혁명적 민족주의? 노동자농민? 주체? 웃기지 말라! 오늘의 북한은 그저 사악한 신이 지배하는 처형장, 고문실, 화형장, 시체실이다. 거기엔 인권은 없고 신권(神權)만 있다.

그녀는 절규한다.

죽은 죄인 시체만 전문 끌어다/ 아무렇게 내던지는 외진 송장 골/ 새로 버린 발가벗긴 여자 시체/ 아, 실오라기 걸치지 못한 채/ 너무 끔찍 하반신 그 곳에/ 말뚝처럼 삽자루 박혀 있다...// 중략 // 아버지 '불만 죄'에 연루되어/ 공부하다 끌려온 무고한 가족/ 아직은 연애 한 번 해보지 못한/ 티 없이 순결하고 수집은 소녀// 중략 // 수용소에 들어온 지 열흘도 못돼/ 그 미색에 침 흘리던 보위원 놈/ 간음하려 덤벼들다 반항을 하자/ 뱀 같이 독이 올라 저지른 만행…

백이무는 그러나 처형장 밖 우리를 위해서도 시를 쓴다. 무지, 무관심, 무감정에 빠지는 우리를 위해서도. 우리 역시 또 다른 의미의 비인간화의 길을 가고 있는 것은 아닌가?

지척에 있는 처형장이 처형장인지 알지 못하는 무지. 죄 없이 끌려가는 죄인들을 의식조차 하지 않는 무관심, 그리고 삽자루가 박힌 '송장 골' 시신 이야기를 들으면서도 분노할 줄 모르는 무감정. 그녀의 종(鐘)은 우리를 위해서도 울린다.

히틀러의 홀로코스트에 전율하는가? 스탈린의 카틴 학살에 경악하는가? 밀로셰비치의 인종청소에 몸을 떠는가? 위선이다. 한반도, 바로 우리 머리 위에서 벌어지고 있는 학살에는 맹목한 채 먼, 남의 이야기를 떠들지 말라.

흔히들 '한반도의 평화 정착' '그것을 함께 할 북한 정권' 어쩌고 떠든다. 그러면서 북녘의 처참한 인간상황에 대해서는 눈을 가린다. "어쩔 수 없다, 그런 이야기를 하면 남북대화에 지장이 된다"는 것이다. "그러다가 전쟁하자는 거냐?"고 협박도 한다. 부도덕한 이야기다. 메테르니히, 키신저 같은 냉혈적 발상이다. 그렇게 해서 그들은 사악한 우상신의 공범이 되고 있다.

시를 쓴다는 것은 이런 잔인한 권력의 논리를 거부하는 정신이다. 시 문학은 그 중심에 인간을 놓는다.

백이무의 시는 이점에서, 어쭙잖은 사회과학의 권력 숭배에 대한 통렬한 일격이다. 그리고 평화와 통일이란, 북쪽 우상 신의 아우슈비츠로부터 '하느님 모상대로 창조된' 인간을 구출해 그들에게 인간 본연의 지위를 회복 시켜주는 일임을 일깨우고 있다.

백이무는 소망한다.

추운 겨울 깊어지면 갈수록/ 단박 봄이 그리 멀지 않음을 시사한다// 그 혹한이 뼈 속까지 스밀수록/ 따듯한 봄이 오고 있음을 감촉 한다// 엄동이 왔으니 이제 봄이 더 멀랴?/ 봄은 항상 제일 추운 겨울 뒤에 있으니깐!// 바야흐로/ 각일각/ 조선의 새 봄이 다가오고 있다…

이 뜨거운 소망을 뭉개는 그 어떤 대화 운운, 그 어떤 평화 운운, 그 어떤 통일 운운도 위선이고 배신이다.

북한 지배층은 말한다. 자신들의 '최고 존엄'을 모독하지 말라고, 그것을 모독하는 한국 언론을 재갈 물리라고. 우리더러 동토의 수용소에 갇힌 수인들을 배신하라는 것이다. 처형장의 시신에 침을 뱉고 교형리 우상 신의 공범이 되라는 것이다.

우리 안에도 이 요구를 들어주는 것이 평화라고 믿는 정치인, 지식인들이 꽤 있다. 강남좌파가 그들이다. 그들은 그것에 동조하지 않는 사람들을 '극단'으로 몰아 부친다. 그러나 예수님도 이럴 때 '극단'임을 자임한 래디컬이었을 것이다.

우리는 그래서 백이무를 배신하지 않을 것이다. 백이무와 더불어, 그녀 곁에 서 있을 것이다. 그녀와 함께 '조선의 새 봄' '이 나라에도 이제 봄이 오려는가'를 읊으면서…

그녀는 그러나 〈다시는 이런 시를 쓰고 싶지 않다〉는 시를 남기고 있다.

스무 몇 살 꽃처녀 고운 손이 만들어낸/ 제가 지은 시들은 왜 이렇게 슬퍼야죠?/ 그리고 왜 이렇게 참혹해야죠?// 시란 원시 가장 아름다운 언어의 집/ 그런 예쁜 집이 모인 궁전이어야 하는데…

그녀는 아름다운 여인, 우아한 여인의 자화상을 그리고 싶어 한다. 그녀는 그것을 누구보다도 잘 의식하고 있다.

그녀는 본디 그런 아름다운 여인의 삶을 살고 있었을 것이다. 만약에, 만약에 말이다, 그녀가 처형장을 목격한 분노한 레지스탕스가 되도록 강제되지만 않았더라면 말이다.

그러면서도 그녀는 〈다시는 이런 시를 쓰고 싶지 않다〉에서 보듯, 그 분노와 원한으로 인해 아름다움을 잃는 일은 없었다. 이것은 그녀의 시보다도 몇 배나 더 귀한 영혼의 승리다. 가열한 고난 속에서도 아름다움의 끈을 놓치지 않는 것이야말로 정말로 지지 않는 것이다. 이 대목에서 그녀는 레지스탕스에 가린 탐미주의 시인의 본 얼굴을 엿보인다. 스무 몇 살 꽃처녀의 고운 얼굴을…

이젠 그 시를 읽는 우리가 답할 차례다. 그녀의 시를 읽은 우리의 화답은 무엇인가? 거창하고 엄숙한 댓글을 달 생각일랑 하지 말자. 그저 진정성 있는 미소를 보내주면 된다. 그리고 우리의 있을 수 있는 한 방울의 위선이라도 씻어 보이면 된다.

백이무 시인은 우리에게 많은 선물을 했다. 그녀는 우리가 무엇에 분노하고 무엇을 연민해야 하는지를 상기시켜 주었다.

우리가 한 조각 심장을 가진 인간임을 멈추지 않는 한, 백이무 시인은 결코 고독하지 않을 것이다.

이 시집을 읽고 2

이슬 같은 맑음으로 묘사한 모진 고통

이정훈 / 동아일보 전문기자, 논설위원 역임

신원을 알수 없는 여성, 그리하여 필명일 것이 분명한 그의 이름 '백이무' 앞에는 '탈북시인' 이라는 칭호를 붙여야 할 것이다. 그가 실존 인물이고 한국에 알려진 그의 경력이 사실이라면, 그는 탈북시인이라 불러 마땅하다.

그는 현재 북한을 벗어나 모국(某國)에서 생활하고 있다. 그러면서 그가 보고 겪은 북한의 참혹한 생활을 시로 풀어냈다. 이름하여 첫 시집 「꽃제비의 소원」을 풀어낸 뒤를 이어 이번에 또 두 번째 시집「북녘 땅에도 언제 봄이 오는가」를 풀어냈다.

백이무 씨는 북한 청소년들이 참가하는 최대의 글 잔치인 〈전국글짓기경연대회〉에서 여섯 번이나 1등을 했다고 한다. 이 정도의 경력을 가진 청소년은 김일성종합대학 조선어문학부에 특차로 입학한다는데, 그는 가지 못했다. 많은 아사자가 발생하는 엄혹한 시절을 만났기 때문이다. 그 시절 그는 꽃제비로 전락했다고 한다. 꽃제비가 전락되면 북한이 하는 모든 행사에 나오지 않게 되니 북한 행정 당국은 그를 실종자로 처리하는 경우가 많다. 그는 북한에서 법적신분을 잃은 존재가 되고 마는 것이다.

그러한 그가 우연찮게 북한을 탈출해 모국(某國)에서 삶을 이어가게 되었다. 그리고 일을 해서 번 돈을 어렵게 북한에 살고 있는 가족들에게 보내주고 있다고 한다.

그러나 시인의 감성을 놓을 수 없어 그가 보고 겪은 일을 몰래 시로 풀어놓았다. 그리고 우연히 그가 일하는 곳으로 찾아온 한국인에게 그 시를 보여주었다. 그의 시는 읽어보면 알겠지만 상당한 수준이었다. 그 한국인이 탈북자로서는 최초로 기자로 된 강철환 씨(전 조선일보 기자)에게 그 시를 건네주었다.

그리하여 그와 강철환 씨 사이에 많은 연락이 오가면서, 그가 써놓은 시가 메일을 타고 뭉텅이 뭉텅이로 서울로 날아오게 되었다. 백이무 씨는 북한에서 많은 아사자가 나온 90년대 중반 시를 잘 쓰던 고등중학생(한국의 고등학생)이었으니 지금은 20대 후반의 여성이다. 이것이 그에 대해 알려진 모든 것이다.

그는 가족을 위해 돈은 이북으로 보내고 시는 북한을 고발하기 위해 이남으로 보냈다.

지금부터 하고싶은 것은 탈북시인 백이무가 쓴 북한의 아픔이다. 그는 여성다운 다사로움으로 고통 받고 힘들어 하는 북한인의 마음을 그려냈다. 빙글빙글 돌아가는 어려운 시가 아니고 감정에 푹 잠겨있어 끈적이는 시가 아니라, 청징한 유리잔을 보듯이 있는 그대로를 정직하게 그려낸 시를 공개한다. 꽃제비 시인의 마음에 투영됐던 북한은 도대체 어떤 사회인가?

백이무 씨는 고통과 헐벗음도 노래가 될 수 있다는 것을 알려준다. 지난 30여 년간 우리는 잃어버린 사랑이 준 절절한 아픔에 대해서는 노래했어도 배고픔과 헐벗음을 소재로는 노래하지 못했다. 백이무의 노래는 굽이굽이 서러움과 원통함이 서린 장한가(長恨歌)가 아니다. 그는 이슬 같은 맑음으로 고통을 묘사한다.

이 시집을 통해 우리 모두 북한을 가슴으로 안아보자.

고통 받는 인민의 마음을 담아내다

강철환 / 북한민주화운동본부 공동대표,
「수용소의 노래」 저자

백이무 시인을 처음 알게 된 것은 중국에서 사업을 하는 어느 한 지인을 통해서였다.

시인이라고 해서 북한에서 한때 너도나도 시를 쓴다는 평범한 북한사람일 것이라 생각했다.

예전 북한에 있을 때 문학창작활동을 잘 하면 김형직사범대학에서 위탁교육을 받아 전문 문학인으로 성장할 수 있다는 포부 때문에 많은 젊은이들이 북한정권을 찬양하는 창작시를 만들어 떠드는 것을 보며 참 한심하다는 생각을 해서인지 북한에서 '시인' 이라고 하면 호감이 가지 않았다.

나는 이메일을 통해서 백이무 시인과 처음 대화를 나누면서 비록 나보다는 나이가 한참 어리지만 보통사람이 아니라는 생각이 들었다. 북한정권에 대한 식견도 남달랐고 고통 받는 사람들에 대한 그 아픔을 공유하는 마음이 어쩌면 나와 같다는 생각이 들었다.

김씨 왕조체제에서 밑바닥을 경험하지 않고서는 알 수없는 그 처절한 절규를 느낄 수 있었다.

그는 지금 중국을 거쳐 어느 지역에 머물러 있는데 북한에 남은 가족들을 끝까지 책임지기 위해 한국행을 택하지 않고 그곳에 숨어살면서 틈틈이 시를 쓰면서 생계를 이어간다고 했다.

그는 나에게 자기가 쓴 시가 있으니 한 번 봐달라고 부탁했다. 그리고 그가 보내온 시를 읽으면서 나도 모르게 백이무 시의 세계에 빠져들었다.

김소월의 '진달래꽃' 을 보면서 시도 이렇게 멋있고 사람들의 마음을 잘 표현할 수 있다고 생각했었다. 하지만 백이무의 시는 북한정권을 고발하는 하나의 영화 같았고, 고통받는 사람들의 마음을 헤아리는 외침 같았다.

사실 대한민국에서 과거 어려웠던 시절을 떠올리면 일제말기와 전쟁직후였다. 찢어지게 가난했던 시절이고 경제적으로 어려웠고 민주화 초기에는 군사정권에 의해 사람들의 인권이 유린되기도 했다는 사실을 느낄 수 있었다.

그러나 과거의 남한 군사정권이나 북한 정권을 동일시하는 남한사람들을 보면 가끔 화가 치밀어 오른다. 독재라고 다 같은 독재가 아니기 때문이다. 히틀러의 나치가 있었고

스탈린과 마오쩌둥(毛澤東)의 수령 독재도 있었다. 하지만 그런 폭압독재와 박정희 · 덩샤오핑(鄧小平)의 개발독재와 같을 수는 없다.

저 일본에서 쓰나미로 한꺼번에 수만 명이 떼죽음을 당하고 중국의 어느 지역에서 지진으로 많은 사람들이 희생당하는 것은 우리의 눈으로 보는 것이기 때문에 사람들은 그들의 아픔을 이해할 수 있다.

하지만 히틀러의 아우슈비츠처럼 연합군이 수용소를 해방하고 그 안을 보기 전까지는 거기서 어떤 끔찍한 일이 일어나고 있는지 사람들은 짐작하지 못했다.

지금 북한에서는 아우슈비츠와 같은 수용소뿐만이 아니라 사람들이 굶어서 수백만이 아사(餓死)했다. 그렇게 많은 사람들이 처참하게 죽어갔는데도 대한민국 사람들은 그들의 고통에 대해 전혀 알지 못한다. 눈에 보이는 것이 없기 때문이다.

하지만 백이무의 시는 그 북한을 보여주고 있다. 시가 아니라 북한의 참혹한 그 현실 그대로이고 인민의 신음소리 그 자체였다. 고통을 경험해보지 않고서는 쓸 수없는 그 참상을 시로 담아냈다.

북한 사람들은 지금의 북한을 일제시대보다 더 한 사회라고 말한다. 일제 강점기에도 그렇게 수백만이 굶어죽지 않았다고 했다. 일제 강점기에도 여행증 없이 여행 다닐 수 있었고 거주이전의 자유가 있었다. 적어도 장사하는 자유까지 일제는 박탈하지 않았다. 일제와 미제를 반대해 싸웠다는 자칭 '민족 영웅' 김일성은 권력을 사유화해 결국 나라를 일제시대 보다 더 열악한 인간 생지옥으로 만들었으니 그 뻔뻔함은 하늘을 찌르고 있다.

김일성, 김정일, 김정은에 이르는 3대세습은 북한을 세계에서 가장 잔인한 폭압국가로 만들었고 우리민족의 북쪽 사람들을 형언할 수없는 고통 속에서 반세기를 살게 만들었다.

백이무 시인은 시대의 선구자이자 아픔을 헤아리는 인민의 대변자이고, 독재 권력과 펜으로 싸우는 전사이다. 시인의 절규와 같은 시구절을 읽으며 북한 동포들의 고통을 함께 나누는 소중한 기회가 되기를 기대해 본다.

다시는 이런 시를 쓰고 싶지 않아요

–후기 글을 대신하여

제가 쓴 「꽃제비의 소원」은
아마도 이 세상에서 제일 슬픈 시집
제가 쓴 「이 나라에도 이제 봄이 오려는가」
그 책도 이 세상에서 제일 참혹한 시집

한 가지 하나님께 묻고 싶어요
스물 몇살 꽃처녀 고운 손이 만들어낸
제가 지은 시들은 왜 이렇게 슬퍼야죠?
그리고 왜 이토록 참혹해야죠?

세상 가장 슬프고 참혹한 시집들
저는 왜 이런 시만 쓸수밖에 없는지요?
시란 원시 가장 아름다운 언어의 집
그런 예쁜 집이 모인 궁전이여야 하는데…

하지만 제가 쓴 시는 너무 슬퍼요
그리고 무지무지 참혹하고 끔찍해
그런 시 한수씩 쓸 때마다 큰 몸부림
저는 정말 고통스레 울면서 써야 해요…

불행한 이 시대, 비극인 이 나라가
저에게서 꿈을 빼앗고 웃음을 앗아갔죠
예쁘게 쓸 시마저 아프게 쓰게 만든
저주스런 이 시대, 이 나라를 원망해요

언젠가 쥐구멍에도 볕들 날 있듯
혹시 장차 저에게도 좋은 세상 온다면
다시는 이런 시를 쓰고 싶지 않아요
이제는 정말 예쁜 시만 쓰고 싶어요

하나님께 간절히 소원하지만
쓸쓸한 이 꽃제비시인을 기억해주세요
아직도 구름같이 이국땅 떠돌면서
시를 쓰는 방랑시인을 꼭 기억해주세요

그 옛날 걸식하던 방랑시인 김삿갓은
아무리 파란만장 기구한 삶이여도
나서 자란 조국에서 그 생을 마쳤지만
이 몸 죽어 묻힐 곳도 없는 이국 황야…

그보다도 하나님, 정말 굽어 살핀다면
정처없이 이국에서 방황하는 방랑시인
저 같이 가슴 아픈 슬픈 시인을
다시는 이 세상에 만들지 말아주세요…

2013년 6월 22일, 낯설은 이국땅 황야에서

저자 백이무

탈북 천재방랑시인의 절규 ②

이 나라에도 이제 봄이 오려는가

지은이 | 백이무
만든이 | 하경숙
만든곳 | 글마당

(등록 제02-1-253호, 1995. 6. 25)
펴낸날 | 2013년 7월 15일 1쇄
| 2013년 8월 1일 2쇄

주소 | 서울 강남우체국사서함 1253호
전화 | (02) 451-1227
팩스 | (02) 6280-9003

홈페이지 | www.gulmadang.com / 글마당.com
페 북 | www.facebook/gulmadang
E-mail | 12him@naver.com

값 12,000원

□ **이 책의 인세와 수익금 일부는 저자와 그 가족을 돕는 일에 쓰여집니다.**

ISBN 89-87669-92-2 (03810)

'대통령을 위한 안보론' 시리즈

대통령을 위한 안보론 1 **천안함 정치학**

516쪽 / 23,000원 / 이정훈(신동아 편집위원)

저자는 '천안함 피침' 을 "대한민국이 '북한이 무너질 것' 이라는 집단사고 증후군에 빠져 있다가 허를 찔린 작은 6 · 25"라고 진단한다. 또 "사건 발생 후 안보를 모르는 대통령이 위기를 확대해가면서 국가 자부심이 돌이킬 수 없을 만큼 후퇴했다"고 밝힌다. 그 사례로 처절한 반성 없이 사건 내용만 나열한 '천안함 피침 사건 백서' 발간과 군의 분열을 야기한 '국방개혁' 을 든다. 부제는 '이명박 식 보수는 왜 실패했는가' 이다.

대통령을 위한 안보론 2
미국에 당당했던 대한민국의 대통령들
–다시 생각하는 이승만과 박정희의 벼랑끝 외교전략

300쪽 / 14,000원 / 이춘근(한국해양전략연구소 연구실장)

가장 뛰어난 대미 외교를 펼친 것으로 평가받는 건국 대통령 이승만과 민족중흥과 근대화를 이룬 박정희의 리더십을 분석하고 있다. 저자는 "이승만 · 박정희는 미국이라는 나라의 본질과 미국을 적절히 이용함으로써 국가안보와 경제발전을 보장받을 수 있다는 사실을 잘 알고 있었다"고 썼다.

대통령을 위한 안보론 3 **연평도 통일론**

312쪽 / 15,000원 / 이정훈(신동아 편집위원)

연평도 포격전은 북한이 6 · 25전쟁 이후 처음 대한민국 영토를 포격한 사건, 즉 전쟁을 감행한 것이지만 대통령은 대응하지 못했다. 우리가 정면으로 대응했더라면 북한은 급변사태에 빠져 한민족은 역사상 세 번째 통일을 목도할 수 있었을 것"이라고. 저자는 "우리의 소원은 진짜로 통일인가? 이 책은 대통령과 국민을 위해 내놓은 필자 식의 통일 방안"이라며 이제 우리는 통일 담론을 공개적으로 할 때가 됐다고 말한다.

대통령을 위한 안보론 ④ 한국의 핵주권

504쪽 / 25,000원 / 이정훈(신동아 편집위원)

대한민국은 세계 5위의 명실상부한 원전 대국이다. 원자력은 앞으로 한국을 먹여 살릴 자원의 보고다. 알고 보면 탄소 배출이 없고 비용이 적게 들어가는 원전이 대체에너지보다 훨씬 경제적이고 안전하다. 이승만 대통령이 시작한 우리 원전의 역사와 일본 후쿠시마 사태와 우라 원전 안전문제, 사용후핵연료 재처리를 위한 한미 원자력협정 개정까지 담고 있다.

대통령을 위한 안보론 ⑤ 공작

324쪽 / 18,000원 / 이정훈

요즘 대학에서 '국가정보론'을 강의할 정도로 정보에 대한 관심이 높아졌고, 국가정보원(국정원) 전문 학원까지 등장했다. 하지만 국정원을 둘러싼 논란은 끊이지 않는다. 대한민국 스파이 60년 역사와 국정원의 환골탈태 방법, 정보의 객관적 활용을 이용한 통일 방법을 제시한다. 특히 국정원이 남북통일을 위해 무엇을 해야 하는지. 최초로 국정원 신입 7급들의 지리산 종주 동행취재와 대통령도 못 들어간 국가정보대학원 탐방뒷이야기도 실려 있다.

대통령을 위한 안보론 ⑥ 그래도 가야만 하는 길 (가제, 근간)

권희영(한국학중앙연구원 교수)

요즘 좌파역사학자들과 전면전을 벌이고 있는 저자도 대학시절 좌파서적과 이론에 심취하였다. 마르크시즘 이론을 한국사에 적응하겠다는 각오로 프랑스유학을 떠나, 방대한 한국사 자료와 러시아문헌들을 접하면서 대규모 한인강제이주와 한인지도자 학살 등을 확인하면서 소련에 대한 심한 배신감을 느꼈다. 그리고 공산주의 체제의 붕괴는 그에게 더 큰 인식론변화를 가져왔다.
아직도 스탈린 김일성 박헌영 사관에 벗어나지 못하는 우리나라 좌파역사학자들에 대한 비판과 함께 좌파에게 정복당한 대한민국 문화권력의 실체를 해부하고 있다.